Federica de Cesco
Der Tag, an dem Aiko verschwand

Federica de Cesco

Der Tag, an dem Aiko verschwand

BENZIGER
EDITION

Federica de Cesco
wurde in Norditalien geboren. Sie hat in ihrer Jugend
viele Länder kennengelernt. Besonders Japan ist ihr
bestens vertraut. Für ihr schriftstellerisches Schaffen
wurde die heute in der Schweiz lebende Autorin viel-
fach ausgezeichnet.

Weitere Bücher von Federica de Cesco
in der BENZIGER EDITION:
«Flammender Stern»
«Das goldene Pferd»
«Der versteinerte Fisch»
«Ein Armreif aus blauer Jade»
«Venedig kann gefährlich sein»
«Das Sternenschwert»
«Das Lied der Delphine»

Die Deutsche Bibliothek – CIP-Einheitsaufnahme

Cesco, Federica de:
Der Tag, an dem Aiko verschwand / Federica de Cesco
1. Aufl. der Neuausg. – Würzburg :
Benziger Ed. im Arena-Verl.,, 1992
ISBN 3-401-07071-1

Deutschsprachige Fassung von der Autorin überarbeitet

1. Auflage der Neuausgabe 1992
© 1974, 1992 Benziger Edition im Arena Verlag GmbH, Würzburg
Alle Rechte vorbehalten
Umschlagschlagillustration: Ines Vaders-Joch
Reihengestaltung: Karl Müller-Bussdorf
Gesamtherstellung: Chemnitzer Verlag und Druck GmbH
Werk Zwickau
ISBN 3-401-07071-1

1

Der Februar war grau, feucht, trübe. Es schneite nicht; es regnete. Auch war es viel zu warm für diese Jahreszeit. Man schwitzte in den überheizten Studios des Kurzwellensenders. Tina wußte nicht mehr, was sie anziehen sollte; ihre Shetlandpullis kratzten und juckten. Sie hatte alles satt, das Wetter, ihren Job und vor allem sich selbst. Morgens ins Studio fahren, die Direktsendung für den Abend vorbereiten, den Sound auswählen, ihren Bericht, in der Kantine einen faden Kaffee hinuntergießen, irgendwo mit irgend jemand etwas essen und dann wieder das gleiche bis zum Abend. Wenn man nicht zu erledigt war, konnte man anschließend ins Kino gehen (in diesem Winter gab es in Bern sowieso nur Blech!), dann nach Hause und ins Bett. Am nächsten Morgen begann die alte Leier von vorn. «So ist das Leben, was beklagst du dich, es könnte schlimmer sein», versuchte sich Tina zu trösten. Selbst ihr alter blauer Peugeot hatte es satt. Seit dem Sommer zierte eine neue Beule den Kühler (Andenken an einen Kastanienbaum, der ihr in die Quere gekommen war). Außerdem neigte der blöde Kasten dazu, sich mitten im Stoßverkehr im zweiten Gang abzustellen. «Ich muß den Blechhaufen zur Kontrolle in die Autowerkstatt bringen», nahm sich Tina einmal mehr vor und schwor sich, in Zukunft nur noch mit dem Bus zu fahren.
Die Ellbogen auf dem Steuer, den Fuß auf dem Gaspedal, wartete Tina vor der Casinobrücke auf grünes Licht. End-

lich! Tina gab Gas. Ein Stoß erschütterte den Peugeot. Tina schimpfte, schaltete in den ersten Gang, versuchte es mit Gefühl. Der Kasten geruhte zu starten. Geduldig und diszipliniert setzte sich die Schlange, die sich hinter ihr gebildet hatte, in Bewegung. Niemand hatte gehupt. «Verdammt höflich, diese Berner!» stellte Tina fest. Sie selbst hatte überhaupt keine Lust, höflich zu sein.
Regen prasselte gegen die Windschutzscheibe. Tina stellte die Scheibenwischer an. Sie hoben sich, fielen zurück. Tina drückte wütend auf den Knopf. Die Schweibenwischer blieben verklemmt.
«Ekelhaftes Blechmonster!» knurrte Tina. «Höchste Zeit, daß ich mir einen neuen kaufe.» Aber ein Auto, Gebrauchtwagen oder nicht, kostete Geld. «Ich müßte ihn abstottern und wieder an allen Enden sparen. Reizende Aussichten!»
Die Schweinwerfer der entgegenkommenden Wagen blendeten sie. Langsam, mit der Nase an der Windschutzscheibe, bog Tina in die Elfenaustraße ein.
Morgen erwartete sie ein schönes Programm. Um sieben Uhr aufstehen; um halb neun ein Interview im Restaurant des «Schweizerhofs» (ausgerechnet!) mit Edith Lawrence. Die gute Dame war aus Locarno und nannte sich Schriftstellerin. Sie hatte ein Buch veröffentlicht: «Ewiges Japan». Tina hatte es noch nicht gelesen, und das am Abend vor dem Interview! Jedenfalls war der Titel idiotisch. «Ich möchte Emis Gesicht sehen, wenn ich sie als ‹ewige Japanerin› bezeichnen würde!» Tina seufzte. Vor sieben Monaten war Emi Tanaka, die junge Reporterin der Zeitung «Asahi», nach Tokio zurückgekehrt. Tina kam es wie sieben Jahre vor. Fast jede Woche erhielt sie aus Japan einen endlosen Luftpostbrief voller Ausrufungszeichen. Von Zeit zu Zeit schickte Emi eine Kassette, die Tina

dann abspielte. Wenn sie dabei die Augen schloß, klang die etwas abgehackte, singende Stimme so nahe, daß Tina sich beinahe wunderte, allein im Zimmer zu sein.
Mit einem neuen Stoßseufzer bog Tina in die Manuelstraße ein. (Während der ganzen Fahrt hatte sie nur gestöhnt!) Wenn sie an Emi dachte, folgte automatisch der Gedanke an Guiseppe Lamponi, genannt Pek, den jungen italienischen Fotografen mit den blonden Locken und den endlosen Wimpern, in den sich Emi verknallt hatte. Pek und Kazuyuki, Emis Bruder, hatten gemeinsam in Rom ein Fotoatelier eingerichtet.
Ach ja . . . Kazu! Fünfundzwanzig Jahre alt, einen Meter achtzig groß, sah er aus wie Winnetou ohne Federschmuck. Er hatte ihr zweimal in diesen sieben Monaten geschrieben, nur um ihr zu sagen, er stecke bis über den Hals in Arbeit, die übliche Ausrede. Im letzten Brief, vom Dezember, berichtete er, die Alitalia habe ihm einen Auftrag für eine Reihe Werbeplakate mit dem pompösen Titel «Die Flügel Italiens» gegeben. «Ich hoffe nur», hatte Kazu geschlossen, «daß die Flügel Italiens halten werden und mein Vogel nicht auf die Via Appia abstürzt!»
Seitdem keine Nachricht mehr. Hatte er sich in seinen Fallschirm verwickelt? Wahrscheinlicher war, daß er sie längst vergessen hatte. Einem Fotografen mit diesem Aussehen müssen ja alle Römerinnen nachlaufen, und ich bin bloß irgendeine. Auf Fotos sehe ich aus wie ein Trampeltier.
Sie tröstete sich mit dem Gedanken, daß es Emi mit Pek nicht besser gehen mußte. Merkwürdigerweise hatte Emi in ihren letzten Briefen von allem möglichen gesprochen, nur nicht von Pek: Ihre Arbeit schien ihr wichtiger zu sein. Schlechtes Zeichen, wenn man verliebt ist!

Tina erreichte das andere Ende der Manuelstraße. Sie parkte vor dem Gartentor und stieg aus. Die Handtasche auf dem Kopf (natürlich hatte sie keinen Schirm!), rannte sie durch den Garten. Nasse Zweige streiften ihre Beine. Der Efeu hing schlaff an der feuchtdunklen Hauswand. Im Wohnzimmer, wo Beat fürs Abitur büffelte, brannte Licht. Aufgeregtes Bellen drang durch die Tür. Alexander, der Cockerspaniel, hatte das Motorengeräusch erkannt. Als Tina zerzaust und durchnäßt die Tür aufstieß, schoß er auf sie los. Toll vor Freude sprang er um sie herum.
«Ein solcher Empfang wärmt einem das Herz», brummte Tina. Sie zog ihre Stiefel aus, hängte den Regenmantel auf einen Bügel und ging ins Wohnzimmer.
«Puh, was für ein Schwitzkasten! Du solltest die Heizung abstellen.»
«Ich bin mitten im Wachstum und leide an Kalorienmangel», entgegnete Beat ungerührt. Er kaute geräuschvoll Erdnüsse. Seit dem Sommer war er um fünf Zentimeter in die Höhe geschossen. Er war jetzt einen Meter dreiundachtzig groß, und er wuchs noch immer weiter. Beat stützte die spitzen Ellbogen auf den Tisch und kaute an seinem Kugelschreiber. Aus einer gewaltigen Stereoanlage ertönten in voller Lautstärke undefinierbare Geräusche: Zimbelschläge, Flötentriller, Geheul und Gegurgel.
«Was soll denn das sein?» fragte Tina.
«Als Radiotante solltest du das wissen.» (Von Beats Gesicht sah man nichts als blonde Haarsträhnen). «Das ist Don Cherry, der Erfinder der organischen Musik. Ein Genie.»
«Ich merke wahrhaftig, wie sich meine Organe zusammenziehen», sagte die Mutter, die in Jeans und schwarzem Pulli die Treppe herunterkam. Sie hielt ein Bündel Karteikarten in

der Hand und aß ein paar Pralinen. «Ich frage mich, wie du bei diesem Gegröl Stefan Zweig begreifen kannst.»
Zwischen den Haarsträhnen erschien eine randlose Eulenbrille.
«Unwissenheit und Unverständnis erweitern die Kluft zwischen den Generationen», dozierte Beat.
«Deine Kluft ist ein Abgrund», seufzte die Mutter. Sie blätterte in ihren Karteikarten. «Was für ein Tag! Zwölf Extraktionen, fünf Goldfüllungen und drei Kronen. Die Schweizer haben miserable Zähne. Man müßte die Grundlage der Ernährung ändern, Zucker und Süßigkeiten verbieten ...»
«Wieso ißt du dann Pralinen?» fragte Beat.
«Weil sie mir schmecken!» Die Mutter klappte das Aktenbündel zu. «Jedenfalls wird die Menschheit in fünfhundert Jahren überhaupt keine Zähne mehr haben. Die ganze Welt wird sich von Babybrei ernähren. Was essen wir heute abend, Tina? Papa wird in fünf Minuten zu Hause sein.»
Die täglichen Mahlzeiten spielten bei den Donatis eine problematische Rolle. Alle schwärmten für gutes Essen, aber niemand, außer dem Vater, verstand etwas vom Kochen.
In der Küche steckte Tina den Kopf in den Kühlschrank. «Keine große Auswahl», sagte sie. «Vielleicht tiefgekühltes Kalbfleisch?»
«Ich hatte keine Zeit einzukaufen.» Die Mutter verzog das Gesicht. «Alle diese Leute, die von morgens bis abends den Mund aufsperren, verderben mir den Appetit. Du siehst auch nicht gerade vergnügt aus. Was ist los?»
«Weiß nicht.» Tina warf die Tür des Kühlschranks zu. «Ich habe das Leben satt!»
«Das liegt an der Jahreszeit.» Die Mutter verzog keine Miene. «Du solltest Vitamine schlucken.»

«Ist keine Post für mich da?»
«Wenn ein Brief aus Tokio oder sonst woher gekommen wäre, hätte ich ihn dir längst gegeben», sagte die Mutter.
Gebell, Winseln. Alexander raste zur Haustür. Beat schimpfte. Er streifte seinen Pantoffel ab und schleuderte ihn daneben – seinem Vater, der soeben eintrat, mitten ins Gesicht!
«Welch herzlicher Empfang!» seufzte dieser.
«Tut mir leid, Papa!» Beat grinste zerknirscht. «Dieser Hund ist eine Nervensäge.»
«Wundert dich das bei diesem Lärm? Was ist das? Die Feuerwehrsirene?»
«Organische Musik.»
«So? Interessant.» Der Vater streichelte Alexander, der ihm die Schuhe ableckte, zog Mantel und Jacke aus, lockerte die Krawatte und ging in die Küche.
«Was gibt's Gutes heute abend?»
«Wenn wir das nur wüßten!» stöhnte Tina.
«Gefrierfleisch muß man zuerst auftauen», sagte Papa. Er nahm ihr das Kalbfleisch aus der Hand, legte es in den Ausguß und ließ warmes Wasser darüberlaufen. «Wie war's in der Praxis?» fragte er die Mutter.
«Anstrengend. Ich habe das Bohrergeräusch noch in den Ohren.»
«Das dürfte die organische Musik sein», meinte Tina.
«Wir hatten wieder eine Sitzung», berichtete Papa. «Die Lage auf dem Kreditmarkt ist schlecht, und die Preise für Baumaterial steigen weiter.» Er nahm eine blaue Küchenschürze vom Haken und krempelte seine Hemdsärmel auf. «Deckt ihr inzwischen den Tisch. Ich mache uns Curryreis. Haben wir noch Zwiebeln?»
Als Architekt behauptete Papa, daß Kochen die Nerven

beruhige; bei der Beschäftigung mit Kochtöpfen habe er schon oft die Lösung statischer Probleme gefunden. Einzige Bedingung: Man mußte ihn allein lassen! Die Küche sah danach immer wie ein Schlachtfeld aus, aber das verzieh man ihm gerne.

Eine Stunde später saßen die Donatis bei Tisch. Das Kalbfleisch schwamm in einer herrlich duftenden Sauce. Es gab delikat geschmortes Gemüse, in Honig gebratene Bananen, Mango-Chutney und Ingwer. Dazu eine riesige Schüssel Reis. Als Nachtisch Himbeeren mit Vanilleeis. Der Vater nahm die Lobeshymnen bescheiden entgegen und schickte Beat in den Keller, um eine Flasche Rosé zu holen.
Während der Vater nach dem Essen in wohlverdienter Ruhe den «Bund» las und die Mutter ihren schwarzen Kaffee trank, räumten Tina und Beat den Tisch ab und machten in der Küche Ordnung. Dann kehrte Beat zu Stefan Zweig zurück, und Tina ging in ihr Zimmer hinauf. Mit einem zufriedenen Seufzer ließ sie sich aufs Bett fallen und lockerte den Gürtel. Sie hatte zuviel und zu gut gegessen. Als Koch war Papa ein Künstler! Sie streckte die Arme nach ihrem Transistor aus und suchte die sanfte Musik, die ihrer Stimmung entsprach. Es war noch früh, knapp neun Uhr. Tina fühlte sich schläfrig, verträumt und verlassen. Wozu hatte man Freunde, wenn sie überall auf der Welt verstreut waren? Emi in Tokio (warum nicht am Nordpol?), Kazu und Pek in Rom oder in irgendeinem Flugzeug. Jean-Paul, ihr ewiger Verehrer, befand sich gerade in Genf wegen einer Reportage über eine Sitzung der UNESCO-Kommission für die französischsprachigen Länder Afrikas. Ohne Jean-Paul war es im Studio sterbenslangweilig, obgleich er in

letzter Zeit oft schlechter Laune war. Er hatte die Versuche, mit ihr anzubändeln, plötzlich aufgegeben. Wahrscheinlich steckte ein anderes Mädchen dahinter, aber Tina hatte keine Ahnung, wer.

Tina gähnte. Was anfangen an einem Februarabend, mit einem überfüllten Magen? Für das Interview morgen früh brauchte sie einen klaren Kopf. Am besten war es, sich mit einem guten Krimi (nein, nicht mit «Ewiges Japan»!) ins Bett zu legen.

Sie kam gerade im Pyjama aus dem Badezimmer, als es an der Haustür zweimal läutete. «Der Briefträger», dachte Tina. «Ein Eilbrief. Für Papa wahrscheinlich.» Sie rieb sich Nachtcreme ins Gesicht und spitzte die Ohren. Die Haustür fiel ins Schloß. Schritte. Dann ertönte Beats Stimme vom Erdgeschoß herauf.

«He, Tina!»

Sie kam aus dem Zimmer gestürzt, beugte sich über das Treppengeländer.

«Was gibt's?»

«Post für dich!» Mit taktloser Neugierde betrachtete Beat Briefmarken und Absender. «Aus Rom. Von Kazu.»

«Von Kazu?» Sie sauste die Treppe hinunter, entriß Beat den Brief, setzte sich auf die unterste Treppenstufe und riß den Umschlag rücksichtslos mit dem Fingernagel auf. Ein dünnes blaues Papier fiel heraus. «Ist das alles?» dachte Tina enttäuscht.

«Liebe Tina», schrieb Emis Bruder, «entschuldige mein langes Schweigen. Ich hatte in den letzten Monaten den Eindruck, in eine Hasselblad verwandelt worden zu sein. Um es kurz zu machen: Pek und ich gehen für eine Reportage nach Japan. Vor meiner Abreise würde ich Dich gerne treffen. Ich komme am Donnerstag abend um acht Uhr in Bern an und fahre am nächsten Tag nach Basel weiter. Ich habe mit Dir über eine Überraschung, die Dich (vielleicht!) freuen wird, zu reden. Ciao! Kazu.»

Tina hob den Kopf. Ihr Magen krampfte sich zusammen. Das kam davon, wenn man beim Abendessen zuviel Curry verschlang. Beat betrachtete sie interessiert.

«Jetzt wirst du rot. Siehst aus wie eine Tomate. Was ist los?»
«Donnerstag!» murmelte Tina. «Das ist ja schon morgen.»
«Allerdings», bestätigte Beat. «Wir haben eine Grammatikprüfung in Englisch. Wieso?»
«Er kommt morgen abend.»
«Wer?»
«Kazu natürlich! Bist du schwer von Begriff!»
«Der taucht immer dann auf, wenn man es am wenigsten erwartet», meinte Beat. «Hoffentlich bist du jetzt wieder freundlich.»
«Wieso! Das bin ich doch immer!» Tina sprang auf, lief ins Wohnzimmer zu den Eltern und schwang strahlend den Brief. «Wir bekommen Besuch.» Sie las laut vor. Der Vater faltete betrübt seine Zeitung zusammen.

«Jetzt muß ich wieder das Gästezimmer räumen. Dabei hatte ich gehofft, endlich meine paläontologischen Fotos irgendwo in Ruhe ordnen zu können.»

Die Mutter kraulte Alexander, der sich gähnend auf den Teppich streckte.

«Na ja», meinte sie schicksalsergeben, «dann geht es also wieder los.»
«Womit?» fragte Tina arglos.
«Mit dem ganzen Theater», sagte die Mutter. «Zugluft, Nervenkrisen und knallende Türen.»

2

Am Bahnhof waren alle Parkplätze besetzt. Tina brauchte zehn Minuten, bis sie eine Lücke fand, in die sie ihren Peugeot quetschte. Atemlos und schwitzend rannte sie über die Straße. Vor Aufregung hatte sie kaum geschlafen. In solchen Fällen brauchte sie mindestens einen Liter Kaffee, um aufzuwachen, und die Zeit hatte heute morgen nur für eine einzige Tasse gereicht. Verflixtes Interview! Tina versuchte, sich ein paar gescheite Fragen zurechtzulegen, aber ihr fiel nichts ein als das übliche Geschwätz. Ich hätte das Buch wirklich lesen sollen. Bin gespannt, was die gute Dame über Japan zu berichten weiß. Heute abend werde ich Kazu fragen, ob es stimmt. Sie lief unter den Arkaden in Richtung «Schweizerhof». Kein Schlaf und nicht genug Kaffee: an jedem anderen Morgen wäre sie wie eine Schnecke gekrochen. Heute fühlte sie sich in Form. Komisch, eine einzige gute Nachricht, und man schwebt auf Wolken!
Das Restaurant hatte eine Drehtür. Mit seinem Stuck, seinen Pfeilern und den großen weißen Tischtüchern war der «Schweizerhof» zu dieser Stunde fast menschenleer. Einige Herren, offenbar Beamte der höheren Kategorie, frühstückten würdevoll unter einem Lampenschirm. Tina verzog das Gesicht. Nicht gerade der Ort, wo man sich um halb neun Uhr morgens wohl fühlt. Sie zog ihren Parka aus, bestellte einen Espresso und stellte ihren Kassettenrecorder auf den Tisch. So. Jetzt fehlte nur noch die Schriftstellerin.

Die Tür drehte sich. Heraus trat eine bleiche, schwarzgekleidete Nixe undefinierbaren Alters. Sie hatte glattgekämmte blonde Haare. Ein riesiges rotes Brillengestell balancierte auf ihrer wohlgeformten Nase. Die Erscheinung schwebte auf Tina zu, scheinbar ohne die Füße zu heben, und hauchte: «Fräulein Tina Donati? Ich glaube, wir sind für ein Interview verabredet. Ich bin Edith Lawrence.»
«Guten Morgen, Frau Lawrence», antwortete Tina entgeistert.
Edith Lawrence blickte sie an, von oben nach unten und von rechts nach links. Ihre Augen waren grau und leicht verschwommen. «Sie wurden also mit dieser Aufgabe betraut. Sie sind noch ... sehr jung.»
Wie meinte sie das? Tina zeigte ihre Zähne und antwortete kühl: «Wenn Sie das Kurzwellenprogramm von Radio Bern einstellen, können Sie jeden Abend von halb sechs bis sechs meine Sendung hören.»
«Ich habe damit nicht sagen wollen, daß ich an Ihren Fähigkeiten zweifle, mein Kind», bemerkte nachsichtig das ätherische Wesen. Sie schlug ihre schwarze Wollstola zurück und glitt elegant in einen Stuhl.
Ein Schweigen folgte.
Schließlich räusperte sich Tina. «Nehmen Sie einen Kaffee?»
Die Nixe öffnete die rotgeschminkten Lippen. «Eigentlich hätte ich lieber einen Whisky. Mit Eis.»
Um neun Uhr morgens. Das fängt ja gut an! dachte Tina.
Die Kellnerin brachte das Gewünschte. Wieder Schweigen. Tina räusperte sich erneut. Irgendwie mußte sie ja einen Anfang finden.
«Sie sind also die Autorin des Buches ‹Ewiges Japan›?»

Edith Lawrence befeuchtete mit der Zungenspitze den Rand ihres Glases.
«Ja. Es war eine aufregende Arbeit und gleichzeitig ein wunderbares Erlebnis.»
Tina lächelte gewinnend. «Darf ich unser Gespräch aufnehmen?»
Eine huldvolle Kopfneigung war die Antwort.
Tina stellte den Kassettenrecorder ein.
«Wie lange haben Sie in Japan gelebt, Frau Lawrence?»
Diese wiegte lächelnd den Kopf. «Nicht eine Minute, mein Kind! Ich bin nie in diesem Land gewesen.»
Pause. Edith Lawrence tauchte die Lippen in ihr Whiskyglas. Diesmal nahm sie einen kräftigen Schluck. Tina rang um Fassung.
«Dann waren wohl jahrelange Vorarbeiten für Ihr Werk erforderlich?»
«Eigentlich nicht.» Edith Lawrence stellte feierlich ihr Glas auf den Tisch und nahm einen schwarzen Beutel hervor. «Zufällig habe ich ein Exemplar bei mir. Bestimmt haben Sie es gelesen...»
«Ich...», stammelte Tina und wurde rot. Sie hätte sich ohrfeigen mögen. Da bastelte sie nun stümperhaft an diesem Interview herum! Wenn Direktor Zuber das zu hören bekommt, fliege ich im hohen Bogen raus!
Währenddessen wühlte Edith Lawrence in ihrem Beutel und fischte «Ewiges Japan» heraus. Auf dem Umschlag prangte, weiß auf blau, der Fudschijama wie ein Vanillepudding. Durch Edith Lawrences verschwommene Augen zuckte plötzlich ein Blitz.
«Dieses Buch, mein Kind, wurde durch Anspannung übernatürlicher Kräfte geschaffen.»

«Könnten Sie das unseren Hörern etwas näher erklären?» plapperte Tina ins Mikrofon.

Edith Lawrence betupfte sich die Lippen mit einem Spitzentaschentuch. Ihre Augen funkelten hinter der Brille.

«Die übernatürlichen Kräfte erlauben, durch Aktivierung des Unterbewußtseins zur Urquelle der menschlichen Erinnerung vorzudringen und sie auf den Universalplan der Zivilisation zu übertragen. Können Sie mir folgen?»

«Ich gebe mir Mühe...», stammelte Tina.

Es war nicht mehr nötig, Fragen zu stellen: Edith Lawrence redete von allein. Wahrscheinlich war der Whisky schuld. Blitze der Zen-Philosophie erhellten den «Schweizerhof», die Teezeremonie dauerte eine Viertelstunde, Sumo-Ringer stampften zwischen der Zuckerdose und dem Milchkännchen, während Ikebana-Blumenarrangements aus dem Whiskyglas mit aller Pracht erstanden.

«Die japanische Kultur, mein Kind, ist eine einzigartige Verdichtung des dynamischen Urfluidums und konnte sich während Jahrtausenden ohne fremde Einflüsse entwickeln. Wir stehen hier vor der einzigartigen Entwicklung einer mythologischen Beständigkeit.»

Tina lächelte hilflos; sie kam sich stümperhaft vor. Wenn ich nur wüßte, ob die Frau Unsinn erzählt oder nicht! Leider waren die zehn Minuten schon vorbei. «Zu unserem großen Bedauern gelangen wir zum Ende unserer Sendung. Wir danken Edith Lawrence für ihren interessanten Beitrag und wünschen ihr und ihrem Buch viel Erfolg.»

Edith Lawrence warf ihr einen vernichtenden Blick zu. «Natürlich darf man von Menschen Ihres Alters nicht erwarten, daß sie Zugang zu den Quellen der Weisheit haben. Aber auch Sie, mein Kind, tragen einen keimenden Funken in

Ihrem Herzen. Und eines Tages wird die Sonne leuchten», schloß sie in mitleidig-gönnerhaftem Ton.
Mit anderen Worten: Mir soll ein Licht aufgehen, dachte Tina und stellte deprimiert den Kassettenrecorder ab. Liebe Tina, dir fehlt das Pflichtbewußtsein. Das wird dich lehren, einen Autor zu interviewen, ohne sein Machwerk vorher gelesen zu haben!

Eine halbe Stunde später parkte sie den Wagen vor dem Radiogebäude. Von der Telefonistin in der Halle erfuhr sie, daß Jean-Paul noch nicht aus Genf zurückgekehrt war. «Ich hoffe, daß er früh genug kommen wird, um Kazu vor seiner Weiterreise nach Basel zu sehen.» Tina fuhr mit dem Aufzug in den dritten Stock. Sie ging in ihr Büro und sah die Post durch, bevor sie ihren Computer einschaltete und die Abendsendung vorbereitete. Zwischendurch ermahnte sie sich immer wieder: «Hör auf, die Uhr anzustarren! Konzentriere dich gefälligst!»
Mittags aß sie in der Kantine ein Sandwich, zusammen mit Consuelo Fernandez aus Madrid, die für die Sendungen in spanischer Sprache zuständig war. Consuelo hatte Rehaugen und neigte zu Fettansatz an den Hüften.
«Schon wieder zwei Kilo zugenommen!» jammerte sie. «Ich passe nicht mehr in meine Jeans!»
«Iß weniger», riet Tina. (Sie selbst konnte einen Monat lang von Sahnetorte, Pralinen und Teigwaren leben, ohne ein Gramm zuzunehmen.)
«Ich esse ja nicht, ich knabbere nur», protestierte Consuelo mit rollendem R. «Wie war's heute morgen mit der Lawrence?»
«Rede nicht davon! Ich werde jetzt noch rot!»

«Wieso? Was hat sie denn geschrieben?»
«Wenn ich das nur wüßte. Ich muß die Sendung auf drei Minuten kürzen, sonst lacht mich die ganze Schweiz aus!»

Am Abend war Jean-Paul noch immer nicht zurück. Tina bereitete sich mit trockener Kehle auf ihre Direktsendung vor. Der Tonmeister sah sie einen halben Liter Mineralwasser hinuntergießen und grinste. «Nervös?»
«Nein, durstig!» Tina betrat die Aufnahmekabine, stülpte die Kopfhörer auf und war plötzlich wieder ganz konzentriert und wach.
Eine Stunde später stand sie in der Toilette erschöpft vor dem Spiegel und kämmte sich. Es ging auf sieben Uhr zu – endlich Feierabend! Draußen war es kälter geworden. Dicke Schneeflocken mischten sich in den Regen. Im Neonlicht sah Tina ganz grün aus. Von Glamour keine Spur. Sie seufzte, stülpte eine buntgehäkelte Mütze über ihr kastanienbraunes Haar und legte ein wenig Lidschatten auf. Sie hatte eine feine, glatte Haut, etwas schrägstehende, lebhafte Augen und am Nasenflügel natürlich einen Pickel, den sie mit Fond de Teint tarnte.
Wie stets zu dieser Stunde herrschte Stoßverkehr. Es dauerte mehr als zwanzig Minuten, bis sie endlich einen Parkplatz erwischte. Als sie atemlos den Bahnsteig erreichte, lief der Zug Mailand-Zürich gerade ein. Keuchend strich sich Tina ein paar Haarsträhnen unter die Mütze und drängte sich aufs Geratewohl durch die Menge. Ekelhaft, dieses Geschubse! Sie sah Kazu in der Wagentür stehen und ihr zuwinken. Beladen mit einer riesigen Tragetasche und seiner Fotoausrüstung schwang er sich auf den Bahnsteig. Er trug enge Jeans, einen orangefarbenen Pulli mit Rollkragen und eine

braune Lederjacke. Die blauschwarzen Haare fielen ihm auf die Schultern.
«Ciao, Tina! Wie geht's?» Er lachte. «Du siehst glänzend aus! Habe ich diese Wirkung?»
«Dreimal darfst du raten!» Tina fühlte sich ganz heiß im Gesicht. «Schön, dich wiederzusehen!»
«Die Freude ist gegenseitig. Konntest du ein Hotelzimmer für mich auftreiben?»
«Kommt nicht in Frage! Du wohnst bei uns.»
«In der Dachstube mit dem ausgestopften Fuchs? Wie reizend!»
«Nein, diesmal im Gästezimmer. Hast du Hunger?»
«Die Familie Tanaka hat immer Hunger.» Kazu schnippte mit den Fingern. «In der Schweiz hätte ich Appetit auf...»
«Fondue, nehme ich an?»
«Wie hast du das erraten?»
«Das war das erste, was Emi essen wollte, als sie voriges Jahr im Juni bei fünfundzwanzig Grad im Schatten aus dem Flugzeug stieg!»
Kazu hatte die Tragtasche über die Schulter gehängt. Sie gingen die Treppe hinunter zum Parkplatz.
«Wie geht es Jean-Paul?»
«Mäßig, wie uns allen. Er kommt heute abend oder morgen früh aus Genf zurück. Ich hoffe, daß er dich noch treffen kann.»
Tina öffnete die Autotür, und Kazu verstaute sein Gepäck auf dem Rücksitz. Er betrachtete grinsend die Beule auf dem Kühler.
«Wie ist das passiert?»
«Mir stand ein Baum im Weg. Außerdem wird der Wagen langsam senil. Der Motor stellt sich im zweiten Gang ab.»

«Ich werde mal nachsehen», meinte Kazu. «Pek und ich verstehen was von Motoren. Wenigstens bilden wir uns das ein.»

Sie lachten beide.

Während sich Tina ans Steuer setzte und den Zündschlüssel drehte, zwängte sich Kazu auf den Beifahrersitz. Er klappte seine langen Beine wie ein Taschenmesser zusammen und sagte ergeben: «Dieser Peugeot ist zu eng für einen großen Japaner. Ein kleiner würde hineinpassen.»

«Was macht Pek?» fragte Tina, während sie im weiß leuchtenden Schneegestöber durch die Bundesgasse fuhren.

«Fotos», sagte Kazu. «Er hat schon wieder bei der internationalen Ausstellung in Turin den ersten Preis erwischt. Er sammelt Auszeichnungen wie andere Leute Briefmarken.»

«Und du?»

«Ich?» Kazu lachte schallend. «Ausstellungen sind Peks Spezialität, nicht meine. Wohin fahren wir?»

«Ins Restaurant ‹du Theatre›. Dort ist es ruhig, und es gibt das beste Fondue.»

Im Restaurant war es angenehm warm. Es roch nach Käse. Kazu und Tina fanden einen bequemen Ecktisch mit romantischer Kerzenbeleuchtung. Tina nahm ihre Mütze ab, schüttelte ihre plattgedrückten Haare. Sie bestellte sofort eine Flasche Mineralwasser. Wenn sie nervös war, hatte sie immer schrecklichen Durst.

«Ein ruhiges Wiedersehen», meinte Kazu. «Das letzte Mal, in Stockholm, ging es bewegter zu. Erinnerst du dich?»

«Allerdings. Ich denke oft an diese Zeit. Du und Pek und Emi ... ihr fehlt mir.» Sie lächelte ein wenig bitter. «Natürlich hattest du in Rom Wichtigeres zu tun, als einsame Bernerinnen zu trösten.»

«Meinst du?» Seine braunen Augen funkelten belustigt. «Es war nett, Post von dir zu bekommen.»
«Das glaube ich gern», spöttelte Tina. «Man sagt, ich habe einen guten Stil.»
«Einen bemerkenswerten», sagte Kazu und zwinkerte so vergnügt, daß sie lachen mußte. Plötzlich fühlte sie sich in Hochstimmung. Es war immer so mit Kazu. Vielleicht lag es an seiner liebenswürdigen Gelassenheit, daß man sich sofort wohl bei ihm fühlte. Aber sie kannte ihn noch zu wenig, um zu wissen, wann er etwas im Ernst sagte und wann nicht.
«Und wo bleibt die angekündigte Überraschung?» fragte sie.
«Die kommt gleich», sagte Kazu, während der Kellner den Spirituskocher anzündete und den dampfenden Caquelon, den Brotkorb und eine Flasche Weißwein brachte. Tina drückte die Zigarette aus. Kazu spießte einen Brotwürfel auf, drehte ihn geschickt in das Fondue und kaute bedächtig. Tina saß da und rührte sich nicht. Sie hatte überhaupt keinen Hunger.
«Nichts gegen Spaghetti, aber nach sieben Monaten Teigwaren freut man sich auf Abwechslung. Ißt du nichts?»
Tina drehte ohne Begeisterung ihr Brot im Käse.
«Sag», begann Kazu unvermittelt. «Wann machst du im allgemeinen Ferien?»
«Irgendwann im Laufe des Jahres, am liebsten nicht im August, wenn alle Leute verreisen. Sonst findet Zuber, unser Boß, keinen Ersatz und bekommt Zustände. Warum fragst du?»
Kazu legte seine Gabel nieder. Er kramte in seiner Tragetasche, holte einen Umschlag mit den grünweißroten Farben der Alitalia heraus und stellte ihn gegen die Weinflasche.
«Wie ich dir schrieb», begann er mit vollem Mund, «hatte ich

einen Auftrag von der Alitalia. Vierundzwanzig Reklameposter, lauter Aufnahmen aus der Vogelschau. Um vier Uhr morgens mußte ich auf dem Flugplatz sein, ich Langschläfer, um von einer Cessna aus den Sonnenaufgang über Florenz oder Venedig zu fotografieren. Kurz, ich lernte dabei viele Leute von der Alitalia kennen und freundete mich mit einigen Piloten an. Als ich am letzten Abend in Mailand mit einem von ihnen Kognak trank, klopfte er mir plötzlich auf die Schulter und hielt mir zwei Flugtickets nach Tokio unter die Nase. Er hatte sie als Freiflüge bekommen, wollte sein Monatsgehalt etwas aufrunden und bot sie mir zu einem Schleuderpreis an. Ich feilschte noch eine Weile mit ihm, und nach dem dritten Kognak hat er mir die Flugtickets fast geschenkt.» Er schob den Umschlag über den Tisch. «Da sind sie.»

«Wie?» stammelte Tina.

«Zwei Flugkarten Mailand-Zürich-Tokio, hin und zurück, mit der Alitalia, leider nur einen Monat gültig. Willst du nach Japan, mußt du dich also beeilen. Du kannst sogar noch jemanden mitnehmen, wenn es dir Spaß macht.»

«Wieso kommst du ausgerechnet auf mich?» Tina leerte ihr drittes Glas Wasser.

Er streifte sie mit einem funkelnden Blick. «Hast du einen besseren Vorschlag?»

Tina schluckte. «Aber ich dachte, du und Pek, ihr wolltet nach Japan...»

«Werden wir auch», sagte Kazu. «Das ist eine andere Geschichte, ein Auftrag der Zeitschrift ‹Epoca›. Es geht darum, die großen japanischen Industriekomplexe Mitsubishi, Nippon Steel Company und so weiter zu fotografieren. Was willst du? Wenn Pek Auszeichnungen wie olympische Me-

daillen einheimst, ergibt sich der berufliche Aufstieg von selbst.»
«Ja, aber du?» Tina konnte es noch immer nicht fassen.
Er grinste breit. «Ich? Ich folge im Schlepptau!»
Mechanisch zog Tina die Flugscheine aus dem Umschlag. Das Fondue brodelte vor ihrer Nase, doch sie hätte keinen Bissen hinuntergebracht. Zwei Flugtickets Mailand-Zürich-Tokio. Nach Japan reisen. Emi wiedersehen. Das konnte nicht wahr sein, nicht möglich, nicht zu glauben ...
«Ich dachte ... du hättest mich vergessen!» platzte sie heraus.
«Ich kam nicht dazu. Du hast mir ja ständig geschrieben.»
Schachmatt, dachte Tina.
Er schaute sie im Kerzenlicht an, aß sein Fondue und lächelte entwaffnend.
Tina lächelte befangen zurück. Ein lockeres Mundwerk war nie ihre Stärke gewesen.
«Was die zweite Flugkarte betrifft», fuhr Kazu fort, «so habe ich an deinen Bruder gedacht.»
«Beat? Ausgeschlossen! Er steht gerade vor dem Abitur.»
«Da sollte man ihn in Ruhe lassen», sagte Kazu und überlegte einen Augenblick. «Wie wär es mit Jean-Paul? Glaubst du, daß ihn eine Reise nach Tokio interessieren würde?»
«Ob es ihn interessieren würde?» Tinas Augen leuchteten. «Er wird dich vor Rührung umarmen!»
«Lieber nicht!» Kazu schnitt eine Grimasse. «Besser, du tust so etwas.» Er ließ ihr wieder keine Zeit, eine passende Antwort zu finden. «Dann reisen wir also zusammen nach Tokio. Natürlich wohnt ihr alle bei uns zu Hause, das erspart euch Hotelkosten. Meine Eltern haben gerne Gäste, und Tokio ist ein teures Pflaster.»

«Unglaublich!» stöhnte Tina. «Ich reise nach Japan!» Sie hatte Wein getrunken, ohne etwas gegessen zu haben, und fühlte sich ein wenig benebelt.

«Wenn alles o.k. ist», sagte Kazu, «werde ich euch zum Büro der Alitalia begleiten, um die Flugtickets auf euren Namen ausstellen zu lassen.»

«Ich . . . ich muß Vorbereitungen treffen», sagte Tina. «Zuber wird verlangen, daß ich einen Stellvertreter suche.»

«Wie lange brauchst du dafür?»

«Das könnte ich schon morgen erledigen. Consuelo wird für mich einspringen.»

«Gut», meinte Kazu. (Er hatte das ganze Fondue allein aufgegessen.) «Ich fahre von Basel aus nach Frankfurt weiter, wo ich mit einem Verleger verabredet bin. Pek wird direkt von Mailand abfliegen. Wir könnten uns alle bei der Zwischenlandung in Zürich treffen, was meinst du?»

«Mir wird ganz schwindelig!» stammelte Tina.

Kazu grinste. «Das ist die Luftkrankheit», sagte er. «Schon jetzt.»

3

«Das ist ungerecht!» schimpfte Beat. «Nur wegen dem verdammten Abitur muß ich auf eine Reise nach Japan verzichten! Ich kann alt und schimmlig werden, ehe eine solche Gelegenheit zum zweitenmal kommt!»
«Papa hat strenge Ansichten», sagte Tina zu Kazu. «Zuerst das Abitur, dann könnt ihr machen, was ihr wollt, das war schon immer sein Grundsatz.»
«Stimmt genau», nickte der Vater und zündete sich ungerührt die Pfeife an.
«Hugh, er hat gesprochen», knurrte Beat.
«Tut mir leid!» Kazu sah ihn an und hob hilflos die Schultern.
«Schon gut.» Beat grinste schicksalsergeben. «Ich gönne es ja Jean-Paul, aber laßt mich wenigstens ein bißchen jammern!»
Tina schnellte auf. Sie war zu aufgeregt, um stillzusitzen.
«Ich muß unbedingt Jean-Paul anrufen!»
«Um elf Uhr abends?» Papa runzelte die Stirn. Er war Berner. Daß «man» nicht mehr nach neun Uhr abends telefonierte, gehörte auch zu seinen Grundsätzen. «Das kann doch wohl bis morgen früh warten.»
«Gönne ihm wenigstens nach all dem diplomatischen Geschwätz in Genf eine friedliche Nachtruhe», fügte Mama hinzu.
«Friedliche Nachtruhe?» rief Tina. «Ich werde vor Morgengrauen kein Auge zutun!»
«Aber ich.» Kazu hob Alexander, der sich auf seinen Knien kuschelte, hoch und stellte ihn auf den Teppich. «Wenn ihr

erlaubt, gehe ich jetzt schlafen. Ich habe einen anstrengenden Tag hinter mir.»

Das Telefon läutete.

Alexander zuckte zusammen und jaulte.

«Man ruft nicht nach neun Uhr abends an», brummte der Vater mißbilligend.

Schon hatte Tina den Hörer in der Hand. «Hallo?» Ihre Stimme überschlug sich. «Jean-Paul! Es ist Jean-Paul!»

«Welche Begeisterung zu dieser späten Stunde!» kicherte Jean-Paul. «Ich wollte dich mit dem neuesten Tratsch aus den Kulissen der UNESCO unterhalten, aber du scheinst ja auch ohne mich in Hochform zu sein. Was gibt es da zu lachen? Du willst mich mit jemand verbinden? Gib schon her. Ich platze vor Neugierde.»

Lachend nahm Kazu den Hörer und sagte: «Konbanwa.»

«Wie bitte?»

«Das heißt ‹guten Abend› auf japanisch», erklärte Kazu. «Freut mich, dich zu hören, Jean-Paul! Wir haben gerade von dir gesprochen...»

«Das freut mich. Aber was machst du eigentlich in Bern?»

«Ich bin gerade mit dem Abendzug eingetroffen.»

«Wenn ich sicher wäre, daß dein Vater mich nicht wegen nächtlicher Ruhestörung beim nächsten Polizeiposten anzeigt, würde ich in fünf Minuten vor eurer Tür stehen», sagte Jean-Paul, als Tina schließlich den Hörer wieder aufnahm. Sie lachte.

«Warte, ich frage ihn.»

«Es bleibt mir wohl nichts anderes übrig.» Der Vater unterdrückte ein Gähnen, und die Mutter stand auf: «Ich glaube, wir haben alle einen Kaffee nötig. Wie ich euch kenne, wird niemand vor drei Uhr schlafen gehen!»

Es dauerte tatsächlich nur fünf Minuten, bis es an der Tür klingelte. Alexander fletschte die Zähne und raste kläffend durch die Diele.

«Um Himmels willen! Er hat Molière mitgebracht!» stöhnte die Mutter. Sie packte Alexander am Halsband, schleifte ihn über den Teppich und sperrte ihn in die Abstellkammer unter der Treppe, wo er wütend weiterbellte.

Beat hatte inzwischen die Haustür geöffnet.

«Störe ich wirklich nicht?» fragte Jean-Paul mit arglosem Augenaufschlag. Molière, sein Neufundländer, zwängte sich total durchnäßt an seinen Knien vorbei, trabte mit matschigen Pfoten ins Wohnzimmer, stellte sich mitten auf den Teppich und schüttelte sich.

«Wie taktlos!» Die Mutter schnippte erbost mit den Fingern. «Hierher, Molière! Wenn du nicht sofort am Kamin liegenbleibst, kommst du in den Trockenraum!»

Jean-Paul trug eine speckige Lederjacke, einen schwarzen Pulli und elegant durchlöcherte Jeans. Mit geschmeidigen, geräuschlosen Schritten tauchte er im Wohnzimmer auf und überreichte der Mutter eine Schachtel Likörpralinen.

«Um mich wegen meines späten Eindringens zu entschuldigen», fügte er mit entwaffnender Höflichkeit hinzu.

Tina grinste. Typisch Jean-Paul! Er sah aus wie einer, der sich acht Tage nicht rasiert hat, und benahm sich wie ein Walzerkavalier der Jahrhundertwende. Inzwischen beschnüffelte Molière die Sofakissen, wahrscheinlich wollte er darauf Platz nehmen. Tina schubste ihn weg.

«Wie geht es Emi?» fragte Jean-Paul Kazu in betont beiläufigem Ton.

Kazu zog die Schultern hoch.

«Wie soll ich das wissen? Ich komme aus Rom, nicht aus

Tokio. Ihr letzter Brief war vom November. Geschwister schreiben sich bekanntlich selten.»

«Hm...» Jean-Paul räusperte sich. «Mir hat sie vor vierzehn Tagen geschrieben.»

Tina, der es gelungen war, Molière vom Sofa wegzuzerren, warf ihm einen erstaunten Blick zu.

«Du hast Post von Emi bekommen und mir nichts gesagt?»

«Na ja...» Jean-Paul wurde rot. «Ich vergaß es...»

«So?» Tina ließ nicht locker. Schließlich war Emi *ihre* Freundin. «Und was schrieb sie?»

«Daß Japan ihr auf die Nerven geht und daß sie nach Europa kommen möchte.»

«Nun», meinte Tina, «vielleicht kommt Europa zu ihr.»

«Wie bitte?» fragte Jean-Paul.

Kazu und Tina tauschten einen Blick und nickten bedeutungsvoll. Jean-Pauls Augen wanderten von einem zum anderen. «Was ist eigentlich los? Ihr seht alle so komisch aus!»

Man erklärte es ihm.

Jean-Paul saß da, völlig verdattert, und gab drei Minuten lang keinen Mucks von sich. Endlich fand er seine Sprache wieder. «Kazu, das ist ja unwahrscheinlich! Wenn ich dir jetzt brav ‹danke› sage, klingt es platt, aber was soll ich denn sonst sagen?»

«Sag lieber gar nichts.» Kazu reichte ihm das Flugticket über den Tisch, und Tina holte den Kaffee, um ihm Zeit zu lassen, die Sache zu verdauen.

«Zucker? Milch?»

«Ja, gerne. Zwei Stücke!» hauchte Jean-Paul völlig erschlagen.

Sie stellte die Tasse vor ihn hin. «Trink das, um dich zu erholen.»

Jean-Paul schlürfte seinen Kaffee und verbrannte sich die Zunge. «Ich habe ein schlechtes Gewissen, daß ich dir dein Flugticket nehme», sagte er zu Beat, als er wieder reden konnte. «Tut mir verflixt leid, aber...»
«Uns allen tut es leid!» Der Vater blieb unerbittlich. «Die Prüfungen sind nun einmal wichtiger.»
Beat verzog das Gesicht zu einem matten Grinsen. «Mach dir nichts draus, Jean-Paul. Ich bin Kummer gewöhnt...»
Jean-Pauls Gehirn wurde allmählich wieder funktionstüchtig. «Paß auf, Tina! Wenn wir Zuber verkünden, daß wir eine Japanreise planen, wird er zuerst sagen: Kommt gar nicht in Frage, dann, es wäre unvernünftig, und zum Schluß, der Gedanke sei gar nicht so übel, aber wir müßten uns die Sommerferien aus dem Kopf schlagen. Dann wird er uns – weil wir ja ohnehin dort sind – mit einem Dutzend Reportagen beauftragen und, wenn er gerade einen guten Tag hat, uns ein mageres Spesenhonorar zubilligen.»
«Übrigens, Reportagen», unterbrach ihn die Mutter, «ich interessiere mich schon lange für die Arbeit der japanischen Zahnärzte. Sie sind uns in der Zusammensetzung der Amalgamfüllungen weit voraus.»
Kazu strich seine langen Haare zurück und blätterte in seiner Agenda. «Wir fahren am ersten März, also in vier Tagen. Das Flugzeug von Mailand landet um neun Uhr fünfzig in Zürich. Wir können morgen bei der Alitalia die Plätze buchen. Ich werde Pek benachrichtigen, daß alles o.k. ist.»
Jean-Pauls braune Augen richteten sich über den Rand seiner Kaffeetasse auf ihn. «Pek kommt auch mit?» fragte er.
Kazu nickte. «Wir arbeiten ja zusammen!»
Jean-Paul schwieg. Er schien plötzlich verstimmt zu sein. Komisch, er hat doch sonst nichts gegen Pek gehabt, dachte

Tina. Pek ist ein bißchen eingebildet, aber im Grunde ein guter Kerl, und jeder weiß, daß Emi eine Schwäche für ihn hat. Plötzlich fiel ihr Emis Brief an Jean-Paul ein. Er hatte sich doch nicht etwa in Emi verliebt? Aber das hätte er ihr bestimmt gesagt.

Inzwischen lag Molière, naß wie er war, auf Kazus Füßen und schlief. Tina konnte sich ein Lächeln nicht verkneifen. Kazu war ein Hundenarr, und die Hunde merkten das natürlich.

Mittlerweile war es ein Uhr geworden. Tina fühlte sich in seltsamer Stimmung, zugleich todmüde (die ganze Aufregung!) und hellwach. Sie goß sich eine Tasse Kaffee ein. Die wievielte? Ich trinke zuviel Kaffee, dachte sie, wenn ich so weitermache, werde ich auch heute nacht wieder nicht schlafen.

«Darf ich auch einen haben?» fragte Kazu.

Ihre Blicke trafen sich. Er lächelte sie an, zärtlich und ohne Spott. Ach du liebe Zeit! dachte Tina, gleich werden mir wieder die Hände zittern, wenn ich ihm den Kaffee eingieße. Ob er weiß, daß ich in ihn verliebt bin? Na, und wenn schon, soll er es eben merken!

4

Zuber war fett, hatte eine Glatze und schwitzte bei jeder Aufregung. Er hörte sich geduldig an, was die beiden zu sagen hatten (der eigentliche Sprecher war Jean-Paul, und der redete heute morgen sehr überzeugend), wackelte mit dem Kopf auf eine Art, die bei ihm alles und nichts bedeuten konnte, und kaute auf seiner Zigarre.

«Ich muß zugeben», sagte er schließlich, «daß bei der allgemeinen Sucht, die Ferien im Sommer zu nehmen, es mir nicht schlecht paßt, wenn zwei Mitarbeiter im März in Urlaub gehen wollen. Natürlich sollte das Ersatzteam vorher gut eingearbeitet werden. Wir können uns in der besten Sendezeit keine Dilettanten leisten. Ich kann mir vorstellen», schloß er spöttisch, «daß Sie bezahlten Urlaub beanspruchen, und natürlich einen Vorschuß.»

Jean-Paul lächelte entwaffnend. «Wir müssen schließlich leben. Eine Schale Reis pro Tag sollten Sie uns schon zugestehen.»

«Haben Sie schon fleißig geübt, mit Stäbchen zu essen?» fragte Zuber. «Das sollten Sie! Sonst verhungern Sie mir noch.» Er warf die Lippen auf, was bei ihm ein Lächeln ersetzte. Er war also bei guter Laune.

Jean-Paul erhob sich. «In diesem Fall können wir also mit dem Segen von Radio Bern starten.»

«Nicht so schnell!» Die rosige Hand wedelte in einer Rauchschwade. «Wenn Sie schon nach Tokio reisen . . .»

«Da haben wir's!» seufzte Jean-Paul und sank in den Sessel zurück.

«... können Sie dem japanischen Radio- und Fernsehstudio einen Besuch abstatten und sich dort umsehen. Ich gebe Ihnen Empfehlungsbriefe mit. Und lassen Sie sich Visitenkarten drucken. Das ist in Japan unerläßlich, wenn man seriös wirken will. Außerdem ...» Die wäßrigen Augen glitten über Jean-Pauls langes Haar, seinen abgetragenen Pulli, die abgewetzten Jeans. «... Wenn ich Ihnen einen diskreten Rat geben darf: Besorgen Sie sich eine Krawatte!»

«Was habe ich gesagt?» bemerkte Jean-Paul, als sie einige Minuten später das Allerheiligste verließen. «Er hat Mittel und Wege gefunden, uns eine Arbeit aufzuhalsen. Die Kurzwellen sind gar nicht so kurz, sie haben lange Fangarme!»
Tina schaute auf ihre Uhr. Es wurde Zeit. Kazu wartete im «Café Alpina» auf sie. Von dort aus wollten sie zusammen zur Alitalia gehen, und um drei mußte Kazu den Zug nach Basel nehmen.
Sie ging mit Jean-Paul zu seinem Traumwagen, einem kanariengelben MGB GT aus den sechziger Jahren. Jean-Paul war mächtig stolz auf sein Museumsstück und pflegte es wie ein rohes Ei. Mißbilligend betrachtete er die verspritzte Windschutzscheibe und rieb einige Chromteile mit einem weichen Tuch ab. Molière, der vorn geschlafen hatte, gähnte und zeigte eine Zunge so groß wie ein Beefsteak. Tina kletterte über den Neufundländer hinweg und ließ sich mit einem wohligen Seufzer ins Polster fallen.
«Ein toller Schlitten!»
«Weil ich nicht gegen Kastanienbäume fahre», sagte Jean-Paul. «Außerdem pflege ich meinen Schatz.» Er spritzte etwas auf die Scheiben und rieb aus Leibeskräften. Tina

wartete schicksalergeben, bis er fertig war und sich hinter das Steuer klemmte. Er drehte behutsam den Zündschlüssel, ließ den Motor an und fuhr weich und elegant davon. Molière machte sich zwischen Tinas Füßen breit und sabberte ihr auf die Jeans. Einige Minuten später hielt der MGB GT vor dem Bundeshaus.
Im «Alpina» saß Kazu allein an einem Tisch und kaute an einem Hühnersandwich. Tragetasche und Fotoausrüstung standen neben ihm.
«Nun?» fragte er mit vollem Mund.
Tina strahlte ihn an. «In Ordnung! Der Big Boss hat uns Urlaub und sogar einen Vorschuß gegeben.»
«Wir werden rechtzeitig in Japan sein, um die Kirschblüte zu bewundern!» schwärmte Jean-Paul mit verklärtem Blick.
«Wenn es ausnahmsweise mal nicht regnet!» brummte Kazu.
Eine halbe Stunde später erledigten sie im Reisebüro der Alitalia die nötigen Formalitäten. Das Mädchen, das sie bediente, trug auf die Flugkarten Namen und Adressen ein und versicherte ihnen, daß ihre Plätze im Flugzeug Mailand-Zürich-Anchorage-Tokio für den ersten März reserviert seien. Danach brachten sie Kazu zum Bahnsteig.
«Also, abgemacht? Wir treffen uns am Flughafen in Zürich-Kloten. Punkt neun Uhr vor dem Schalter der Alitalia.»
Jean-Paul hatte noch etwas auf dem Herzen. «Meinst du nicht, wir sollten Emi benachrichtigen?»
Kazu nickte. «Ich werde ihr von Frankfurt aus faxen.»
Der Schnellzug fuhr ein. Kazu ergriff sein Gepäck und stieg ins Abteil. Er kurbelte die Fensterscheibe herunter und lächelte ihnen zu. Seine blauschwarze Mähne fiel ihm auf die Schultern.
«Ciao!» sagte er und schaute Tina an.

«Bis Freitag!» rief sie und ärgerte sich, weil sie jedesmal, wenn Kazu ankam oder abreiste so offensichtlich rot wurde. Jean-Paul bewies Taktgefühl, indem er ihre Gemütsbewegung beflissen übersah.

«Wenn mir jemand vor zwei Tagen gesagt hätte, daß ich am ersten März nach Japan reise, ich hätte ihn für verrückt gehalten», sagte Jean-Paul, als sie etwas später zum Parkplatz zurückgingen. «Die Art, wie Kazu uns Flugkarten verschafft hat, ist einfach genial!»

Tina sah auf die andere Seite. Jetzt wurde sie schon wieder rot. «Ach, er hat manchmal gute Ideen.»

«Wie lange wird er wohl in Japan bleiben?» fuhr Jean-Paul gedankenverloren fort.

«Wer? Kazu?»

«Nein, Pek.»

«Keine Ahnung», erwiderte sie verwundert (sie hätte lieber weiter über Kazu gesprochen). «Sie machen eine Bildreportage über japanische Großunternehmen. Wahrscheinlich werden sie zusammen nach Rom zurückkehren. Warum?»

«Ach, nichts weiter», antwortete er ausweichend.

Tina schwieg und dachte sich ihren Teil. So wie die Dinge aussahen, hatte er sich tatsächlich in Emi verliebt. Darum paßte es ihm nicht, daß Pek mitkam. Du meine Güte, überlegte Tina, das kann ja spannend werden in Tokio! Sie hätte ihm am liebsten gesagt: «Immer mit der Ruhe! Wenn Emi eine Schwäche für Pek hat, kann sich das eines Tages ändern.» Aber sie hielt lieber den Mund. Schließlich war es Jean-Pauls Angelegenheit.

Sie waren beim Wagen angelangt. Molière saß auf dem Vordersitz und wedelte freudig mit dem Schwanz. Jean-Paul öffnete den Wagenschlag. Er hatte sich wieder gefaßt.

«Einsteigen, meine Hübsche! Jetzt heißt es, unsere Ersatzsendungen vorzubereiten, sonst steigt uns Zuber aufs Dach!»
«Himmel!» seufzte Tina. «Mir schwirrt schon jetzt der Schädel!»
Jean-Paul setzte sich ans Steuer. «Nur Geduld! In vier Tagen sind wir auf der anderen Seite der Erdkugel.»

5

Das Flugzeug war bis zum letzten Platz besetzt: Geschäftsleute, Schweizer und Japaner mit Tüten aus dem Duty-free-Shop beladen; amerikanische Touristen, groß, breit, fett und laut; zwei Engländerinnen mit je drei Kindern im Vorschulalter und zwei Säuglingen in ihren Tragetaschen bepackt; ein junges schwedisches Paar, das die ganze Zeit schmuste, und eine laut lachende und fröhlich gestikulierende italienische Reisegruppe.
Seit dem Start in Zürich waren acht Stunden vergangen. Die Hostessen lächelten unermüdlich, obwohl sie inzwischen für hundertzwanzig Personen zwei Mahlzeiten, Tee und Kaffee serviert, Zeitungen verteilt, zollfreie Spirituosen und Parfüm verkauft, zweimal die Flasche für die Säuglinge gewärmt und eine luftkranke Italienerin zur Toilette begleitet hatten.
«Die müssen ja von dem ewigen Lächeln Krämpfe bekommen», sagte Tina zu Jean-Paul. «Wie stellen sie es nur an, daß ihr Lippenstift nicht abfärbt und die Wimperntusche hält?»
«Eine Frage der Disziplin, meine Liebe», antwortete dieser heiter. «Genau das, was dir fehlt!»
«Kaum zu glauben, daß Mädchen von diesem Beruf träumen!» seufzte Tina. «Der Zeitunterschied bringt doch den ganzen Organismus zum Paddeln!»
«Air-Hostessen sind sehr sexy», sagte Pek und lächelte mit seinen milchweißen Zähnen der Hübschen zu, die ihm ungerührt ein Sandwichtablett, die dritte Mahlzeit, unter die Nase schob. Mit seinem zartbraunen Teint (er hatte kaum Flaum

auf der Oberlippe), den regelmäßigen Gesichtszügen und dem Grübchen am Kinn schien Pek dem Bild eines flämischen Malers entstiegen. Italienisch an ihm war seine Vorliebe für schicke Klamotten und seine klangvolle Tenorstimme, die Emi, wie sie sagte, zum Schmelzen brachte.
«Gratuliere dir zu dem Preis, den du in Turin bekommen hast!» war das erste gewesen, was Tina ihm bei der Begrüßung gesagt hatte.
Er hatte bescheiden abgewinkt. «Ach, das ist nichts Besonderes!» Aber offensichtlich schien er geschmeichelt. Jean-Paul hatte ihm die Hand gedrückt und ihm auf die Schulter geklopft. Er gab sich offenbar große Mühe, vor Pek eine unbefangene Miene aufzusetzen. Tina fand sein Problem komisch, obgleich es gar nicht komisch war. Armer Jean-Paul! Er hat wirklich Pech in der Liebe! dachte sie. Zuerst verliebt er sich in mich, dann in Emi, und beide wollen wir nichts von ihm wissen. Dabei ist er ein prima Kerl! Da war jedoch der Brief, den Emi ihm geschrieben hatte... Es ist etwas zwischen den beiden vorgefallen, wovon ich nichts weiß, überlegte Tina. Vergeblich bemühte sie sich, sich einzureden, daß es sie nichts anging. Ihre Neugierde war geweckt. Na, Emi wird mir schon erzählen, was los ist. Bei dem Gedanken an Emi fühlte sich Tina voller ungeduldiger Erwartung. Kazu hatte ihr aus Deutschland faxen können. Sicher würde Emi sie am Flughafen abholen.
Was tun, wenn man stundenlang im Flugzeug sitzt? Bei dem ewigen Summen der Triebwerke wird das Reden nach einiger Zeit zu anstrengend. Man kann nur noch vor sich hin dösen, lesen und vor allem essen. Es schien wirklich, als wären die Hostessen nur dazu da, die Passagiere abzufüttern! Dann kam die Nacht; man zeigte einen Film, aber die Leinwand

war vorn, und sie saßen ganz hinten. Lieber schlafen, dachte Tina. Aber fortwährend hustete einer, raschelte mit der Zeitung oder begab sich auf die Toilette. Sie waren endlich eingeschlummert, als hantierende Geräusche sie aufschreckten: Perfekt frisiert und mit strahlendem Lächeln servierten die Hostessen mitten in der Nacht das Frühstück: Kaffee, Toast, Marmelade und schlecht gebackene Omeletts. Pek schüttelte sich.
«Seid ihr imstande, um vier Uhr morgens ein Omelett zu essen? Ich nicht!»
«In Europa ist es schon sechs Stunden später», sagte Kazu mit einem Blick auf seine Armbanduhr.
Zwischenlandung in Anchorage: Alles drängte sich zum Ausgang. Zurück blieben gefüllte Aschenbecher, zerknitterte Zeitungen und schmutzige Kleenex. Tinas Augen brannten; vom ewigen Gähnen tat ihr der Kiefer weh. Alle vier bummelten gelangweilt von einem Souvenir-Shop zum anderen, sahen sich uninteressiert den ausgestellten Kitsch an. In einem riesigen Glaskasten stand ein ausgestopfter Eisbär.
«Der Tierschutzverein wird entzückt sein!» seufzte Tina.
Kazu nickte. «Hier in Alaska herrschen noch rauhe Sitten!»
Drei Stunden später überflog der Jet, von heftigen Winden geschüttelt, die japanische Inselkette Ryukyu. Über dem Meer funkelte rotgolden die Sonne.
«In etwa einer Stunde landen wir in Tokio», sagte Kazu. «Jetzt zwängt sich Emi durch den Stoßverkehr und schimpft auf französisch. Sie schimpft immer auf französisch, wenn sie Auto fährt. Meine Eltern tun so, als würden sie sie nicht verstehen.»
Der Himmel war klar wie Kristall; kleine Wölkchen, weiß wie Flaum, glitten unter dem Flugzeug vorbei.

«Man sieht schon die japanische Küste», stellte Kazu fest.
Tina reckte den Hals, um besser zu sehen; der Küstenstreifen wurde deutlicher; Berge zeichneten sich im Sonnenlicht ab.
«Tokio», sagte Jean-Paul im Ton eines Reiseführers. «Dreizehn Millionen Einwohner. Die größte Stadt der Welt.»
«Und Emi mittendrin!» rief Pek gefühlvoll, worauf Jean-Paul in Schweigen versank.
Stoß um Stoß senkte sich der Jet. Tinas Ohren sausten. Sie legte den Kopf zurück, versuchte sich zu entspannen. Die vielen Menschen da unten! dachte sie. Die müssen sich ja auf die Füße treten!
Mit pfeifenden Triebwerken sank die Maschine immer tiefer. Sie überflogen bereits das Flughafengelände. Tina kniff die Augen zu. Noch ein heftiger Stoß! Ein dumpfer Aufprall, die Triebwerke heulten schrill. Die Maschine hatte den Boden berührt und rollte über die Landepiste.
«Uff!» brummte Jean-Paul. «Jetzt haben wir wieder festen Boden unter den Füßen!»
Das Flugzeug verlangsamte seine Geschwindigkeit. Das Pfeifen der Düsen verstummte. In der gelben Nachmittagssonne sah Tina die riesigen, weißen Jumbo-Jets der Japan Air Lines, mit dem roten Wappen der nationalen Fluggesellschaft, einem Kranich mit kreisörmig gespreizten Flügeln.
Das Flugzeug stand still; alle Leute standen auf und suchten ihre Sachen zusammen. Im Gewühl zwängten sie sich zum Ausgang.
Draußen schien es kalt zu sein. Windstöße fegten über den Flugplatz.
«Japan ist eine Insel, die allen Wettern ausgesetzt ist», meinte Kazu. «Im Winter frieren die Japaner, und im Sommer

schwitzen sie, alles mit viel Würde, Standhaftigkeit und blütenweißen Taschentüchern.»

Die Ankunftsformalitäten wurden trotz der Menge Leute, die bereits warteten, mit erstaunlicher Geschwindigkeit erledigt.

«Macht euch darauf gefaßt, daß ihr es von jetzt an nur noch mit japanischsprechenden Japanern zu tun habt», bemerkte Kazu spöttisch.

«Die reden doch sicher auch englisch», meinte Jean-Paul.

«Im allgemeinen schon.» Pek, der schon einmal in Japan gewesen war, lachte vergnügt. «Aber ob sie geruhen, den Mund aufzumachen, ist eine andere Sache!»

«Wieso?» fragte Tina überrascht.

Kazu grinste. «Meine Landsleute haben solche Angst, einen falschen Satz zu bilden, daß sie lieber überhaupt nichts sagen!»

Sie warteten vor dem Fließband auf ihr Gepäck. Tina blickte neugierig nach allen Seiten. Überall im Flughafengebäude bestanden die Schilder aus Schriftzeichen, die zwar sehr dekorativ, aber völlig unverständlich waren. Das kann ja heiter werden, vor allem, wenn man irgendwo eine Damentoilette sucht, dachte sie. Endlich kamen die Koffer auf dem Fließband angerollt. Sie luden sie auf die bereitstehenden Gepäckwagen und bahnten sich einen Weg durch das Gedränge. Eine riesige Menschenmenge wartete hinter den Glastüren der Ankunftshalle. Trotzdem entdeckten sie Emi sofort. Sie stand ganz vorn und fuchtelte mit beiden Armen. Sie trug Shorts über Strumpfhosen aus schwarzer Wolle und eine gesteppte Windjacke. Ihre Haare, die in den sieben Monaten wieder gewachsen waren, bedeckten ihre Schultern mit ihrer blauschwarz-glänzenden Pracht.

«Emi!» schrie Tina.

«Carissima!» brüllte Pek und breitete beide Arme aus.

Jean-Paul schob seinen Gepäckwagen, lächelte hilflos und hielt den Mund.

6

Tina wäre nicht erstaunt gewesen, wenn Emi sich nun verneigt hätte; schließlich waren sie in Japan. Emi jedoch tat nichts dergleichen, sondern warf sich einem nach dem anderen in die Arme und verteilte schallende Küsse. Ihre seidenweiche Haut glühte. Ihre Augen strahlten.
«Tina! Pek! Jean-Paul! Oh! Ich brauchte dreimal zwei Arme, um euch alle gleichzeitig zu umarmen! Ich kann es nicht fassen, daß ihr da seid! Herzlich willkommen in diesem närrischen Tokio!»
Kazu stand daneben und lachte über das ganze Gesicht. Emi stellte sich auf die Zehenspitzen und bedachte ihn mit einem Kuß auf die Nasenspitze.
«Willkommen, ehrenwerter älterer Bruder!»
«Ich danke der ehrenwerten jüngeren Schwester für ihre Begrüßung», antwortete Kazu feierlich, worauf beide in Gelächter ausbrachen. Emi ergriff eine von Tinas Reisetaschen und hakte sich bei ihr unter.
«Kommt! Mein Vater ist auch da! Der wollte lieber selbst fahren ... Er sagte, ich sei viel zu aufgeregt und er wünsche es nicht, daß ich seinem neuen Wagen eine Beule verpasse!»
Sie ging auf einen Herrn zu, der geduldig etwas abseits gewartet hatte. Er war feingliedrig und schlank, von mittlerer Größe. Hinter seinen Brillengläsern funkelten gutmütige, braune Augen. Pek, der ihn schon kannte, schwenkte freudig die Arme, während die anderen unschlüssig stehen blieben.

Was tun? Sich verbeugen? Die Hand ausstrecken? Ihn begrüßen, ja, aber in welcher Sprache?
Herr Tanaka erlöste sie aus ihrer Verlegenheit. «Ich freue mich, Sie kennenzulernen», sagte er mit freundlichem Lächeln auf englisch. «Leider kann ich kein Französisch, aber wir werden uns schon verstehen. Ich hoffe, Sie werden sich bei uns wohl fühlen.»
Sie verließen das Flughafengebäude, und Herr Tanaka ging seinen Wagen holen. Er kehrte einige Augenblicke später mit einem großen, dunkelblauen Nissan zurück. Das Gepäck wurde im Kofferraum verstaut. Dann quetschten sie sich in den Wagen, so gut es ging, und redeten alle gleichzeitig, während Herr Tanaka mit nachsichtigem Lächeln startete. Tina fiel sofort auf, daß in Japan, ebenso wie in England, links gefahren wurde.
«Wie geht es deiner Großmutter?» fragte sie Emi. Sie erinnerte sich mit Vergnügen an die witzige alte, verschmitzte Dame, die Emi vor lauter Entdeckerfreude im Genfer Flughafen davongelaufen war.
«Ausgezeichnet! Sie läßt dich übrigens grüßen. Sie macht eine Pilgerfahrt zu den buddhistischen Tempeln in Kioto. Ihr sehnlichster Wunsch ist, wieder nach Europa zu reisen, vor allem in die Schweiz, wegen der Schokolade und dem Emmentaler Käse.» Emi seufzte. «Auch ich möchte zurück nach Europa! Dieses ewige Gedränge hier ist nervtötend!»
«Und wir, wir wollten zurück nach Japan», sagte Pek. Er legte den Arm um Emis Schulter (Herr Tanaka hatte nichts gesehen, oder wenigstens tat er so). «Ohne dich, cara mia, sind Rom und Florenz nur leblose Steine, die Sonne hat keinen Glanz, der Valpolicella schmeckt nach Leitungswasser, und ich verwickle mich in den Spaghetti!»

«Löst die Luftveränderung diese poetische Ader bei dir aus?» gab Emi zurück.

Pek flüsterte ihr etwas ins Ohr. Sie preßte beide Hände vor den Mund und schüttelte sich vor Lachen. Sie schienen beide so glücklich, daß Tina Mitleid mit Jean-Paul bekam. Wenn er wirklich, wie sie vermutete, in Emi verliebt war, mußte er sich sagen, «hoffnungslos»!

Vom Flughafen Narita aus dauerte die Fahrt nach Tokio fast eine Stunde. Herr Tanaka fuhr gemächlich und entspannt. Der Verkehr war sowieso nicht so hektisch wie in Europa.

«Die Geschwindigkeitsbegrenzung liegt bei hundert Kilometern», erklärte Emi. «In der Stadt sind die Vorschriften noch viel strenger. Es gibt Viertel, wo nur mit dreißig gefahren werden darf.»

Jean-Paul verzog das Gesicht. «Da sind wir in Europa ganz schön rückständig!»

In der Nähe der Stadt wurde der Verkehr immer zähflüssiger. Der Wagen rückte einen Meter vor. Stopp! Wieder einen Meter. Abermals stopp. So ging es eine ganze Weile lang.

«Da habt ihr den Verkehr von Tokio», stöhnte Emi. «Na ja. Man gewöhnt sich daran.»

Die Sonne sank; überraschend schnell brach die Dunkelheit herein. Auf hohen Betonpfeilern überquerte die Autobahn die Stadt. In den Hochhäusern waren alle Büros erleuchtet. Hinter jedem Fenster sah man die Menschen sitzen, stehen, telefonieren. Sie fuhren durch riesige Straßenschluchten, vorbei an bunt aufzuckenden Lichtreklamen, an überfüllten Restaurants und Cafés, an endlosen Parkanlagen, an prunkvoll erleuchteten Warenhäusern. Und überall Menschen, Hunderte und Tausende von Menschen. Doch allmählich erreichten sie ein ruhigeres Wohngebiet. Die geraden Straßen waren von kleinen, hübsch gepflegten Gärten gesäumt. Nach einer Weile hielt der Nissan vor einem schmiedeeisernen Gartentor. Kazu stieg aus und öffnete es. Herr Tanaka lenkte den Wagen im Rückwärtsgang unter ein Schutzdach, das als Garage diente.

Beladen mit ihrem Gepäck folgten sie Emi auf einem schmalen, mit runden Steinen gepflasterten Weg, der sich durch den Garten schlängelte. In der Dunkelheit hob sich das Haus undeutlich zwischen Bäumen und dichten, kugelförmigen Sträuchern ab. Es hatte, soweit Tina sehen konnte, ein schräges Ziegeldach und breite Fenstertüren, die jetzt mit Schiebeläden von innen verschlossen waren. Im ersten Stockwerk war ein großer Balkon, der von Holzpfeilern gestützt wurde. Emi stieß die Haustür auf. Als erstes bemerkte Tina eine prachtvolle, feuerrote Lilie, die in einer schwarzen Lackschale in einer Nische stand.

«Ikebana!» rief sie bewundernd. (Dieses Wort gehörte zu ihrem japanischen Sprachschatz.)

«Hai!» sagte Emi. «Zieht die Schuhe aus, Kinder!» Mit lauter Stimme rief sie: «Tadaima!»

«Was bedeutet das?»

«Daß wir wieder zu Hause sind. Da kommt schon meine Mutter!»

Eine noch junge, anmutige Frau trat durch die offene Schiebetür. Kurzgeschnittene, blauschwarze Haare umrahmten ein ebenmäßiges Gesicht mit Lachgrübchen. In ihren Jeans und dem weißen Sportpullover hatte sie das energische, federnde Auftreten einer Turnlehrerin.

«Herzlich willkommen. Ich freue mich, Sie kennenzulernen», sagte sie mit einer knappen, graziösen Verbeugung. Sie sprach ein etwas zögerndes, aber perfektes Französisch. In ihrer weichen, heiteren Stimme schien ein Lachen mitzuschwingen.

Tina und Jean-Paul standen da, ihre Schuhe in der Hand, und murmelten unbeholfen: «Guten Abend!»

Emi lachte. «Meine Mutter hat zwei Jahre lang einen Französischkurs besucht. Wir sprechen oft Französisch miteinander, um in Übung zu bleiben.»

Sie folgten Frau Tanaka ins Wohnzimmer. Der große Raum war halb japanisch, halb europäisch eingerichtet. Auf der einen Seite, wo sich ein Geschirrschrank, Tische und Stühle befanden, lag ein dunkelgrüner Teppich. Tinas Augen schweiften über eine eindrucksvolle Stereoanlage, einen großen weißen Fernsehapparat und ein Gestell voller Bücher und Zeitschriften. Auf der gegenüberliegenden Zimmerseite war der Boden mit den traditionellen Binsenmatten, den «Tatamis», bedeckt. Schmucklose Schiebewände aus rötlichbraunem Holz umgaben einen Alkoven, wo auf einem Rollbild aus seidig schimmerndem Reispapier ein riesiges Kanji, ein chinesisches Ideogramm, mit einem einzigen kraftvolleleganten Pinselstrich gezeichnet, hing.

«Das ist das Tokanama», erklärte Emi. «In den traditionellen japanischen Häusern war es der Ehrenplatz für die Gäste. Der Kanji dort bedeutet Ewigkeit. Er wurde vor dreißig Jahren von einem Mönch, einem Meister der Schriftkunst, gemalt.»

Ein undefinierbarer Duft nach frischen Kräutern erfüllte das Zimmer.

«Es riecht wie in einem Garten!» rief Tina verwundert aus.

«Das sind die Tatamis», erklärte ihr Emi. «Der Boden wurde erst vor einigen Wochen neu belegt.»

Die Binsenmatten schmiegten sich fest und elastisch zugleich an die Fußsohlen. In der Mitte des Raumes stand ein niedriger Tisch, der von einem ebenfalls dunkelgrünen Stoffvolant umgeben war; ringsum lagen flache, harte Kissen in der gleichen Farbe.

In der Küche klapperten Töpfe. Emi rief ein paar Worte. Heraus trat ein junges Mädchen in geblümter Pluderhose und weißer Bluse. Wie ein Chirurg in der Klinik trug sie eine Maske aus weißer Gaze vor Mund und Nase gebunden. Ihr Gesicht, soviel man davon sehen konnte, war pausbäckig und rot, genau wie das der japanischen Puppen aus bemaltem Holz, die es in den Andenkenläden zu kaufen gibt.

«Das ist Tamiko-San, Fräulein Tamiko», stellte Emi vor. «Sie stammt aus Hokkaido, im Norden von Japan, und ist seit fünf Jahren bei uns. Sie trägt die Maske, damit sie niemanden mit ihrem Schnupfen ansteckt. Das ist in Japan so üblich. Für heute abend hat sie gebackene Austern und Algensuppe vorbereitet. Außerdem gibt es rohen Fisch. Probiert erst mal davon, bevor ihr die Nase rümpft! Sashimi ist etwas Köstliches!»

Tamiko-San verneigte sich, kicherte verlegen und verschwand wieder in der Küche.

«Sie müssen sie entschuldigen», sagte Frau Tanaka. «Sie ist sehr schüchtern.»

«Setzt euch», fuhr Emi fort. «Wir trinken jetzt Tee, und vor dem Essen werdet ihr das japanische Bad kennenlernen.»

Jean-Paul betrachtete neugierig den dunkelgrünen Volant, der den Tisch umgab. Auf seinen fragenden Blick hin hob Emi den Volant hoch. In dem Boden unter dem Tisch war eine Öffnung angebracht, in der ein mit einer Holzstütze umgebener elektrischer Ofen brannte. «Das ist der Kotatzu, der japanische Fußwärmer. Setzt euch und stellt die Füße auf die Stütze. Nun, wie ist das?»

«Toll!» rief Tina. «Das ist genau das Richtige für mich, wo ich im Winter immer kalte Füße habe!»

«Eine ideale Einrichtung, um anzubändeln», fügte Pek grinsend hinzu. «Deine Landsleute werden sich das wohl zunutze machen.»

Zusammen mit den Eltern tranken sie heißen, grünen Tee und verzehrten Gebäck aus süßem Bohnenteig, das auf der Zunge zerging. Nach einer Weile erschien Tamiko-San und sagte ein paar Worte. Emi sprang auf.

«Ins Bad, der Reihe nach! Komm, Tina! Ich zeige dir, wie man in Japan badet.»

«Muß das denn erst gelernt werden?» entgegnete Tina unter allgemeinem Gelächter.

Zuerst führte Emi sie in ihr Zimmer im ersten Stock. Auch hier war der Boden mit duftenden Binsenmatten belegt. Tina sah einen Schreibtisch, auf dem ein Computer viel Platz einnahm. Überall stapelten sich Bücher, Hefte und Zeitungen. Ein Faxgerät war ebenfalls vorhanden. Daneben stand ein Korbstuhl mit bunten Kissen. Auf einem Schminktischchen, das aussah wie ein Puppenmöbel, häuften sich Flaschen, Tuben, Lidschattenpinsel und Puderquasten. Ein rotes Seidenfutteral bedeckte den schmalen Spiegel. Ein Bett war jedoch nicht vorhanden, was Tina merkwürdig vorkam. Emi ließ eine Schiebetür zurückgleiten. Dahinter verbarg sich ein Schrank, aus dem sie einen weiten, blau-weiß gemusterten Hauskimono zog. «Den ziehst du nach dem Bad an!» Sie kehrten ins Erdgeschoß zurück. Emi ging durch einen Vorraum und öffnete eine Tür. Eine Dampfwolke quoll

ihnen entgegen. Im bläulich-heißen Dunst unterschied Tina eine große, viereckige Wanne, die in den Fliesenboden eingelassen war. Auf der Wanne lag ein Holzdeckel. Emi zeigte auf einen Plastikschemel, zwei Waschbecken, Seife und einen harten Seegrasschwamm.
«Also, du ziehst dich aus, du setzt dich auf diesen Schemel, du wäschst dich, spülst dich mit warmem oder kaltem Wasser ab, ganz wie du willst. Dann steigst du in die Wanne – Vorsicht, heiß! – und aalst dich darin, solange du magst. Hinterher spülst du dich noch einmal mit frischem Wasser ab. Alles klar?»
«Ich soll mich *zuerst* waschen und dann in die Badewanne steigen?» fragte Tina verblüfft.
«Genau. Du wirst schon sehen, es ist herrlich. Wenn dir das Bad zu heiß ist, läßt du kaltes Wasser einlaufen. Deine Kleider legst du im Vorraum in den Korb. Viel Vergnügen!»
Sie verschwand. Ein wenig verdattert befolgte Tina die Anweisungen. Sie wusch sich gründlich (sie hatte es nötig!) und spülte sich mit warmem Wasser ab. Dann stieg sie vorsichtig in die Wanne. Das Becken war so tief, daß ihr das Wasser bis zum Hals reichte. Die Wärme drang ihr bis ins Mark, lockerte und entspannte die verkrampften Muskeln. Tina schloß die Augen. Emi hatte recht: Es war herrlich!

«Mir ist immer noch, als träumte ich!» gestand sie Emi zwei Stunden später, als sie schlafen gingen. «Ich kann es nicht fassen, daß ich wirklich in Japan bin!»
«Du wirst sehr früh genug erwachen», entgegnete Emi heiter. «Zuerst wirst du drei Tage lang an Verstopfung leiden. Das macht der Zeitunterschied.»
«Wie unromantisch du sein kannst!» seufzte Tina.

«Japaner nennen die Dinge immer beim Namen», sagte Emi trocken. «Nur die Ausländer dichten uns eine zartbesaitete Seele an.»

«Bis jetzt finde ich aber alles sehr romantisch!» murmelte Tina. Sie lag unter einem Stapel federleichter, bunter Daunendecken, auf einer der weichen Matratzen, die sie vorgefunden hatte, als sie nach dem Abendessen in Emis Zimmer gegangen war.

«Das sind die japanischen Betten», hatte Emi erklärt. «Sie werden tagsüber in einem Wandschrank aufbewahrt und am Abend hervorgeholt.»

Sie kuschelten sich unter ihre Daunendecken und knipsten die Lampe aus. Es wurde nicht ganz dunkel im Zimmer; milchige Helligkeit drang durch die mit Reispapier bedeckten Fenstertüren, wo sich sanft schaukelnde Zweige wie Scherenschnitte abzeichneten. Tina hatte das Gefühl, auf einer Wolke zu schweben.

«Schön ist es hier!» seufzte sie voller Wohlbehagen.

«Ja, ich weiß», gab Emi zu. «In Japan gibt es eine Menge angenehme Dinge. Aber ich möchte doch lieber nach Europa zurück.»

«Warum?» fragte Tina. «Wegen Pek?»

Emi ließ einige Atemzüge verstreichen. «Es ist nicht so einfach», sagte sie dann mit dünner Stimme.

Tina blinzelte in die milchige Dämmerung.

«Bist du nicht mehr in ihn verliebt?»

«Ich weiß nicht.» Emi zögerte, was sonst nicht ihre Art war. «Ich muß mit dir darüber reden, aber nicht jetzt. Du hast die halbe Erdkugel überquert, du bist erschöpft. Schlaf jetzt. Gute Nacht!»

Also doch! dachte Tina, aber sie war zu müde, um weitere

Fragen zu stellen. Der Schatten der Bäume spielte auf dem perlmuttglänzenden Papier. Im Garten flötete ein Vogel.
«Eine Nachtigall», flüsterte Emi. «Sie singt immer um diese Zeit.»
Tina gab keine Antwort. Sie war tief und fest eingeschlafen.

7

«Heute werdet ihr die japanische Eisenbahn kennenlernen», verkündete Emi grinsend. «Eine Touristenattraktion ersten Ranges!»
Sie drückte sich eine Mütze auf den Kopf und schlang einen gelben Wollschal um den Hals.
«Ausgerechnet jetzt im Stoßverkehr», Frau Tanaka mußte lachen. «Da erleben die Ausländer bekanntlich ihren ersten Kulturschock!»
«Schließlich sind sie ja gekommen, um etwas zu erleben», meinte Emi.
Tina und Jean-Paul zogen sich bereits die Schuhe an. Kazu und Pek hatten schon gleich nach dem Mittagessen das Haus verlassen, um mit Visitenkarten und einem Stoß Empfehlungsbriefe die Werbeleute der Nippon Steel Corporation und der Mitsubishi-Gesellschaft aufzusuchen. Es ging darum, ihre Reportagen vorzubereiten, und ohne Visitenkarte und Referenzen war da nichts zu machen.
Emi und ihre Freunde wollten sie um sechs Uhr abends in einem Café im Akasaka-Viertel treffen.
Draußen war die Luft trocken und kalt. Das Seijo-Viertel, wo die Familie Tanaka wohnte, bestand aus geraden Straßen ohne Gehsteige, die einander im rechten Winkel schnitten. Sie waren von hohen Bäumen gesäumt, deren Zweige wie ein Dach die Straße überspannten.
«Das sind Kirschbäume», erklärte Emi. «In einer oder zwei Wochen werden sie blühen. Dann gehen alle Leute mit ro-

mantischen Gefühlen darunter spazieren, die Nase in die Höhe gerichtet!»
Niedrige Mauern aus Bruchsteinen oder Hecken dichter, pilzförmig beschnittener Sträucher säumten die Gärten. Mit ihren flachen Dächern, Arkaden und großen Veranden erinnerten viele Häuser an italienische Villen. Andere waren in japanischem Stil erbaut, aus mehr oder weniger verwittertem Holz und mit glänzenden, türkisfarbenen oder grünen Dachziegeln gedeckt. Radfahrer – vorwiegend jüngere Frauen – kamen vom Einkaufen zurück. Die Straßen waren sehr ruhig. Nur vereinzelt glitten Wagen vorbei.

Der Bahnhof lag nur fünf Minuten entfernt. Während sich Emi der Schlange vor der automatischen Fahrkartenausgabe anschloß, beobachteten Tina und Jean-Paul die Leute. Es war gerade Schulschluß.
Scharen von Schülern trabten die Treppen hinauf und hinab. Viele trugen Uniform: die Jungen schwarze Jacken mit Goldknöpfen, die Mädchen brave Faltenröcke und marineblaue Westen mit Matrosenkragen. Geschäftsleute und Angestellte, meist dunkel und einheitlich gekleidet, rasten zu den Zügen, als ginge es um ihr Leben. Viele Mädchen waren auffallend hübsch; gekleidet nach letzter Mode, wie frisch aus Paris importiert, mit exotischem Charme obendrein. Jean-Paul pfiff anerkennend zwischen den Zähnen.
«Verdammt sexy, deine Landsmänninnen!» sagte er zu Emi, die mit den Fahrkarten zurückkam.
«Ja, ich weiß. Alle Ausländer finden uns unwiderstehlich!» Emi zeigte ihr Grübchenlächeln, und Jean-Paul lächelte gequält zurück.

Beim Durchgang zu den Bahnsteigen knipste ein Beamter die Fahrkarten.
Höflich wie er war, trat Jean-Paul beiseite, um jedem weiblichen Wesen, das vorbei wollte, den Vortritt zu lassen, wobei er drei Minuten lang nicht vom Fleck kam. Emi sah zu und kicherte.
«Wie lange willst du hier noch stehen bleiben?»
Jean-Paul wußte nicht, was er machen sollte. «Aber alle haben es doch so eilig!»
«Japaner haben es immer eilig», rief ihm Emi ungerührt zu. «Nun komm doch endlich!»
Der Bahnsteig war schwarz von Leuten. Als der Expreß-Zug einlief, trauten Tina und Jean-Paul ihren Augen nicht. Es schien aussichtslos, auch nur einen einzigen Menschen in die vollbesetzten Wagen hineinzuquetschen. «Kommt!» schrie Emi.
Gedränge, Stoßen, Keuchen und Ächzen. Die Aussteigenden drückten von der einen Seite, die Einsteigenden von der anderen. Ehe sie sich's versahen, fanden sich Emi, Tina und Jean-Paul zwischen zwei zeitungslesenden Herren, einem dicken und einem dünnen, einer Oma im Kimono und einem Mädchen, das gelassen Walkman hörte, eingeklemmt. Tina konnte kaum Luft holen, aber das ganze Gedränge war vollkommen friedlich, ja, nahezu vertrauenerweckend. Niemand beachtete den Nachbarn. Alle sahen beflissen aneinander vorbei, starrten würdevoll ins Leere, lasen oder schliefen.
«Stell dir mal vor, der Wagen wäre voller Italiener!» sagte Tina zu Emi.
«Ja», nickte diese. «Und man hätte nicht einmal Platz, um zu einer Ohrfeige auszuholen.»
«Fummeln die Japaner denn nie?»

«Nein, das gehört sich nicht.»
«Die Leute sehen alle so ruhig aus», sagte Jean-Paul. «Wie merkwürdig! Bei uns würde man sich in einem solchen Gewühl böse anglotzen oder gegenseitig auf die Füße trampeln.»
«Hier in Japan lernt man früh, höflich zueinander zu sein», sagte Emi. «Jeder gibt sich Mühe, seine Mitmenschen nicht zu belästigen. Es geht ja auch nicht anders, auf so engem Raum. Hier muß man zusammenhalten.»
Jean-Paul grinste und schielte zu einer Hübschen mit Pfirsichhaut, die, an seine Schulter gepreßt, vornehm-duldend zur Decke blickte. «Der Kulturschock stört mich eigentlich nicht. Ich finde ihn sogar ganz gemütlich!»
Die Fahrt dauerte zwanzig Minuten. Hinter den Fenstern zogen endlos Ziegeldächer und ein Wald von Fernsehantennen vorbei. Supermoderne Geschäfts- und Warenhäuser, alte Holzhäuser, mikroskopisch kleine Gärtchen, Garagen und Tankstellen, riesige Spruchbänder mit grellbunten Inschriften an den Fassaden.
«Hier wird überall gebaut», stellte Tina fest.
«Ich habe das Gefühl, daß Tokio jeden Tag anders ist», meinte Emi. «Alles wirkt permanent, provisorisch, auf Messers Schneide zwischen Eleganz und Kitsch, zwischen dem Mittelalter und dem Jahr zweitausend. Wer in Tokio lebt, hat immer den Eindruck, daß irgendwo etwas Spannendes passiert. Aber nach einer gewissen Zeit wird man übersättigt. Man ist nicht mehr fähig, alle Eindrücke richtig aufzunehmen. Das ist sehr schade.»
Sie deutete auf eine Gruppe eindrucksvoller Wolkenkratzer, die sich in der Ferne schillernd gegen den stahlblauen Himmel abhoben.

«Das ist Shinjuku, eines der Zentren von Tokio. Wir müssen dort umsteigen.»
Der Zug hielt. Die Türen öffneten sich. Tina verlor das Gleichgewicht und klammerte sich an Jean-Paul, der gegen die Oma prallte und Entschuldigungen stammelte. Ein unwiderstehlicher Strom stieß, trieb sie hinaus. Auf dem gegenüberliegenden Bahnsteig warteten schon endlose Schlangen aufs Einsteigen.
Der Bahnhof glich einer riesenhaften unterirdischen Zukunftsstadt. Wartesäle wie Paläste, Rolltreppen, die ins Unendliche zu führen schienen, Straßen, die einander kreuzten, sich teilten, auch in Treppen mündeten. Ein Café reihte sich ans andere. Es gab Hunderte von Restaurants, unzählige, grell erleuchtete Läden. Ein Dröhnen und Stampfen, durch den Widerhall verstärkt, erfüllte die Gänge. Eine unübersehbare Menschenmenge hastete nach allen Richtungen. Fasziniert liefen Tina und Jean-Paul hinter Emi her, bemüht, sie im Gedränge nicht zu verlieren. Über eine Treppe gelangten sie zu einem Bahnsteig, wo die U-Bahn gerade einfuhr. Die Türen öffneten sich, schlossen sich wieder. Mit voller Geschwindigkeit ging es weiter. Tina und Jean-Paul klammerten sich an den Halteriemen fest, doch diesmal dauerte die Fahrt nur kurz.
Bei der dritten Haltestelle stiegen sie aus. Tina zerrte und zog, um ihre eingeklemmte Handtasche loszubekommen. Geschickt bahnte sich Emi einen Weg durch das Gedränge. Endlich tauchten sie im Freien wieder auf.
Inzwischen war es Abend geworden. Sie befanden sich auf einer breiten, belebten, von unzähligen Cafés und Boutiquen gesäumten Straße. Ganz am Ende erhob sich in den bläulich-milchigen Himmel ein unwahrscheinlich elegant

geschwungener Wolkenkratzer, einem Turm aus Alabaster ähnlich.

«Das Hotel New Otani», erklärte Emi. «Vierzig Stockwerke hoch.»

Jean-Paul schnalzte anerkennend. «Schwindelerregend! Genauso sind sicherlich die Preise. Tokio scheint ein teures Pflaster zu sein. Wo sind wir denn eigentlich hier?»

«In Akasaka, einem der Vergnügungsviertel von Tokio. Hier ist abends immer viel los. Wir treffen Kazu und Pek im Café Roma.»

«Im Café Roma?» Tina und Jean-Paul brachen in Gelächter aus. «Das ist typisch Kazu!»

Im Café Roma war die Atmosphäre italienisch-sentimental, mit dazu passender Musik. Es gab Säulen aus falschem Marmor, goldüberzogene Stukkaturen und an den Wänden übergroße Vergrößerungen der bekanntesten Filmszenen aus Federico Fellinis «Dolce vita». Selbst die Kellner mit den weißen Zähnen, den grünen Westen und den ölglänzenden Haaren sahen italienisch aus.

Mit dem bestellten Espresso bekamen sie ein Glas Wasser, in dem Eisstückchen schwammen, und die in Japan üblichen heißen Servietten, mit denen man sich Gesicht und Hände erfrischt. Das Café war voller junger Leute, die sich lebhaft unterhielten. Tina und Jean-Paul stürzten sich völlig aufgelöst auf ihren Espresso: Sie hatten ihn nötig! Emi lachte nur und wirkte frisch wie eine Rose.

Die Tür ging auf. Pek und Kazu kamen herein, bahnten sich einen Weg zwischen den Säulen und den vollbesetzten Tischen. Pek trug eine elegante Lammfelljacke, und um den Hals ein weich geschlungenes Seidentuch. Seine Locken schimmerten im rauchigen Halbdunkel, und alle mandeläugigen Schönen sahen ihm entzückt nach. In Tokio schien man für Blond eine offensichtliche Vorliebe zu haben.

«Nun?» fragte Emi. «Wie ist es euch bei euren Unternehmungen ergangen?»

«Prächtig!» gab Pek zurück.

«Wir wurden in eleganten Büros von liebenswürdigen Herren empfangen, und entzückende Mädchen boten uns mit niedergeschlagenen Wimpern Tee an.» Er setzte sich sofort neben Emi und tätschelte ihre Hand. «Stellt euch vor», fuhr er grinsend fort, «Kazu hat in Italien schlechte Angewohnheiten angenommen. Er hat in der U-Bahn ein Mädchen angesprochen!»

Tina warf ihm einen raschen Blick zu und wurde rot. Kazu verzog keine Miene, und Jean-Paul fragte: «Hatte sie wenigstens schöne Beine?»

«Ich habe ihr Gesicht angeschaut, nicht ihre Beine. Das Mädchen hatte ein faszinierendes Gesicht.»

Pek zwinkerte Tina zu. «Sein Interesse war angeblich rein beruflich.»

Tina verzog frostig die Lippen.

«Wie reagiert denn eine Japanerin in solchem Fall?» wollte Jean-Paul wissen. «Mit einer Ohrfeige?»

Kazu lachte und schüttelte den Kopf. «Sie war platt. Stand da mit offenem Mund. Ich hielt ihr meine Visitenkarte hin und erklärte ihr, daß ich für italienische Zeitschriften arbeite, daß sie ein eindrucksvolles Gesicht hätte und daß ich sie gerne fotografieren würde.»

«Und?» fragte Emi.

«Sie war sehr höflich. Erbat sich Bedenkzeit. Um ihr zu beweisen, wie brav und ehrlich ich bin, bestellte ich sie

hierher, für morgen nachmittag drei Uhr, und sagte ihr, daß ich mit meiner Schwester käme.»
«So verfügst du über meine Zeit!» sagte Emi. «Vielleicht habe ich morgen nachmittag eine wichtige Verabredung!»
«Dann nehme ich eben Tina mit», entgegnete Kazu heiter.
Emi brach in Lachen aus. «Wenn du sie als deine Schwester vorstellst, wirst du schön dastehen! Das süße Kind wird dir kein Wort mehr glauben und sofort die Flucht ergreifen!»
«Stimmt.» Kazu schnitt eine Grimasse. «Im Ernst, Emi, kannst du mir diesen Gefallen tun? Ich möchte das Mädchen gerne fotografieren.»
Emi nickte großzügig. «Also gut. Tina und ich werden für dich Lockvogel spielen. Aber wahrscheinlich kommt sie gar nicht.»
«Diesen Eindruck hatte ich nicht. Sie hat mir gesagt, wie sie heißt, und mir ihre Adresse gegeben.»
«Zeig her!»
Er reichte ihr sein aufgeschlagenes Notizbuch über den Tisch.
«Aiko Sakura», las Emi. «Na schön. Sie heißt also Sakura. Fräulein Kirschblüte.»
«Wie poetisch!» rief Jean-Paul.
«Genauso poetisch wie Meier und Schmied.» Emi überflog die Adresse. «Sie wohnt im Soshigaya-Viertel, etwa zehn Minuten von uns entfernt.»
Pek, der inzwischen sämtliche anwesenden Schönheiten mit Kennerblick gemustert hatte, merkte offenbar erst jetzt, daß er im Café Roma saß. Er verschluckte sich an seinem Espresso.
«Kazu!» rief er entrüstet. «Ist das wieder einer deiner geschmacklosen Scherze?»

«Wieso geschmacklos?» gab Kazu mit Unschuldsmiene zurück. «Hast du etwas gegen Italien?» Er schaute auf seine Uhr. «Ich habe Hunger. Ihr nicht?»
«Wenn du die Unverschämtheit hast, uns in eine Pizzeria zu führen, ist es aus mit unserer Freundschaft!» drohte Pek.
Kazu führte sie nicht in eine Pizzeria, sondern in ein Tempura-Restaurant. Hier saß man auf einer Bank vor einer großen Holztheke, wo Öl auf einem Kohlenbecken siedete. In den Öltiegel tauchte der Koch mit geschickten Bewegungen Fische, Schalentiere und Gemüse, ließ sie einen Augenblick schmoren, bevor er sie auf eine Papierserviette legte. Dazu gab es Reis, Tee und eine köstliche Miso-Suppe.

Als sie gegen elf Uhr heimkehrten, saßen die Eltern im Wohnzimmer vor dem Fernsehgerät. Auf dem Bildschirm kämpften Samurais mit glänzenden Haarknoten und flatternden Kimonoärmeln unter Kriegsgeschrei und Säbelgerassel gegeneinander.
«Japanische Folklore», sagte Emi. «Genau wie die Cowboys!» Sie ging in die Küche, zündete das Gas an und setzte einen Wasserkessel auf.
«Ich habe zuviel Tempura gegessen. Wenn ich keinen Kaffee trinke, schlafe ich ein», sagte sie zu Tina. «Stört es dich, wenn ich noch eine Weile arbeite? Ich bin mit einem Beitrag noch nicht ganz fertig. Mein Computer macht nicht viel Lärm, du kannst inzwischen schon schlafen.»
«Arbeitest du oft zu Hause?» fragte Tina.
«Soviel wie möglich. In der Redaktion der ‹Asahi› sitze ich mit einem Dutzend Kollegen in einem Großraumbüro. Leute kommen und gehen, und das Telefon klingelt den ganzen Tag.»

«Wovon handelt dein Bericht?»
«Es sind zwei.» Emi stellte Zuckerschale und Milchkännchen auf ein Tablett und ging ins Wohnzimmer zurück. «Ein Beitrag über die Cézanne-Ausstellung in der Galerie Motoyama., und eine Besprechung über den Versuch, das klassische Marionettentheater ‹Bungaku› mit Rock-Musik zu vereinen. Verrückt, aber interessant!» Sie schüttete zwei vollgehäufte Löffel Nescafé in eine Tasse. «Wenn ich meine Beiträge morgen früh zur Redaktion bringe, kann ich mich am Nachmittag freimachen, um Kazu als Anstandsdame zu begleiten!»
Kazu, der seine Objektive auseinandernahm und sorgfältig wieder zusammenschraubte, grinste. «Ich bin dir zu ewigem Dank verpflichtet.»
Auf dem Bildschirm gab ein durchbohrter Samurai unter qualvollem Stöhnen seinen Geist auf. Tina fand das Ganze sehr eindrucksvoll, aber Herr Tanaka gähnte nur und stellte den Apparat aus.
Emi arbeitete bis spät in die Nacht hinein. Sie aß Schokolade und trank Kaffee, um sich wach zu halten. Inzwischen schlief Tina wie ein Murmeltier unter der weichen, bunten Daunendecke. Es war drei Uhr, als Emi endlich ihre Papiere zusammenräumte, sich auszog und das Licht löschte. Sie fühlte sich todmüde, aber sie blieb noch lange mit halbgeöffneten Augen in der Dämmerung liegen. Der Schatten der Bäume spielte auf dem Reispapier. Im Garten sang bereits die Nachtigall.

8

Sie saßen im Café Roma und warteten auf Aiko Sakura. Das Lokal war überfüllt; sie hatten Mühe gehabt, einen freien Tisch zu finden.
«An manchen Stunden ist überall ein Gedränge!» seufzte Emi. «Man hat das Gefühl, daß die Leute alle im selben Augenblick die gleiche Idee haben. Um den neuesten Film zu sehen, steht man am besten schon morgens um neun Schlange, um Karten für die Nachmittagsvorstellung zu erwischen. Aber man gewöhnt sich daran, nicht wahr, Kazu?»
Keine Antwort.
«Er ist auf dem Mond.» Emi stieß ihren Bruder an. «He, woran denkst du? Wahrscheinlich an Aiko Sakura!»
Kazu blickte auf und strich mit seiner gewohnten Bewegung die Haare aus dem Gesicht.
«Stimmt. Ich überlegte gerade, ob ich sie bei ihr zu Hause aufnehmen sollte.»
«Zu Hause?» Emi runzelte die Brauen. «Glaubst du, sie erlaubt dir das?»
«Tut man so was nicht in Japan?» fragte Tina.
«Berufs- und Privatleben werden hier ziemlich stark getrennt», erklärte ihr Kazu. «Für japanische Begriffe benehme ich mich taktlos.» Er wandte sich an Emi. «Da ich bei dieser Geschichte nun einmal die Rolle des Flegels übernommen habe, zeigst du dich am besten von deiner liebenswürdigsten Seite und machst mein schlechtes Benehmen durch besondere Höflichkeit wett...»

«Du verlangst ein bißchen viel», brummte Emi. «Was hat das Mädchen denn eigentlich an sich?»
Kazu schüttelte den Kopf. «Überhaupt nichts Glamourhaftes! Ich möchte sie in ihrer gewohnten Umgebung aufnehmen, während sie etwas ganz Alltägliches tut: sich die Haare wäscht, ein Buch liest, Geschirr spült, was weiß ich...»
Er warf einen Blick zur Tür. «Da kommt sie!»
Das Mädchen, das soeben eingetreten war, stand am Eingang und blickte sich zögernd um. Sie trug die Uniform der Schülerinnen: Faltenrock, Hemdbluse, marineblauen Regenmantel, weiße Socken und Tennisschuhe. Sie war groß, kräftig, gut gebaut, mit breiten Schultern und schmaler Taille. Sie hatte ein ausgeprägtes Gesicht, mit hohen Backenknochen, die das Licht auffingen, einer leicht gebogenen Nase und einem vollen, traurigen Mund. Ihre Haare, die sie halblang und mit einer Stirnfranse trug, waren so weich und dicht, daß sie sich wie eine glänzende Kappe um die schöngeformten Wangen legten. Kazu war aufgestanden und winkte ihr. Als sie ihn sah, glitt ein erleichterter Ausdruck über ihr Gesicht. Sie zwängte sich bis zu ihrem Tisch durch und grüßte mit einer kleinen Verbeugung. Ihr aufmerksamer Blick wanderte von einem zum anderen.
«Vielen Dank, daß Sie gekommen sind», sagte Kazu. «Ich stelle Ihnen meine Schwester Emi vor. Und das ist Tina, eine Freundin aus der Schweiz.»
Emis Lächeln strahlte unter ihren Locken hervor, und Tina lächelte ebenfalls. Kazu schob einen Stuhl vor. Aiko setzte sich kerzengerade hin und faltete die Hände auf dem Schoß. Emi und Tina betrachteten sie nur flüchtig und mit kühler Zurückhaltung.
«Was trinken Sie?» fragte Kazu auf japanisch.

Sie flüsterte: «Zitronensaft.»
Irgend etwas in ihren Zügen erinnerte an ein scheues Tier. Ihre weit auseinander liegenden, schrägen Augen waren von so dichten Wimpern umgeben, daß man sie für künstlich hätte halten können; aber natürlich waren sie echt. Sie war überhaupt nicht geschminkt, und ihre Haut schien ein wenig fettig zu sein.
Plötzlich richtete sie die Augen auf Tina. Sie sprach einige Worte zu Kazu. Dieser schüttelte den Kopf.
«Sie will wissen», sagte er zu Tina, «ob du Japanisch verstehst.»
«Leider nicht. Ich bin ja gerade erst angekommen.»
«Ich kann Englisch», sagte Aiko mit tiefer, etwas belegter Stimme. «Das wird mir guttun. Wegen der Übung», fügte sie hinzu.
«Sie sind Schülerin?» fragte Emi, um das Gespräch in Gang zu bringen.
«Ich habe gerade die Aufnahmeprüfung für den Eintritt in die Universität *Keio* gemacht. Ich soll Mathematik studieren.»
Warum sagt sie eigentlich «ich soll»? überlegte Tina.
«Es gibt ungefähr hundert Universitäten in Tokio», erklärte soeben Emi. «Die Universität Keio gehört zu den angesehensten. Die Aufnahmeprüfung ist sehr schwierig.»
«Und Sie haben sie bestanden?» fragte Tina beeindruckt.
Aiko senkte die dichten Wimpern. «Ich weiß es noch nicht. Ich warte auf das Ergebnis.» Sie entspannte sich, wirkte selbstbewußter und weniger verlegen. Wenn sie lächelte, sah man ihre ebenmäßigen, weißen Zähne.
«Ich muß mich nochmals entschuldigen, daß ich Sie in der U-Bahn angesprochen habe», sagte Kazu. «Wie Sie wissen,

bin ich Fotograf, und bestimmte Gesichter ziehen mich von Berufs wegen an. Würden Sie mir erlauben, Sie zu fotografieren?»

«Wann?»

«Wann es Ihnen am besten paßt. Hm . . .» Unter dem Tisch traf sein Fuß Emis Schienbein. Sie sprang sofort in die Bresche.

«Mein schüchterner und sehr verlegener Bruder hat mich gebeten, Sie an seiner Stelle etwas zu fragen: Dürfte er Sie bei Ihnen zu Hause fotografieren?»

«Bei mir zu Hause?»

«Ich weiß, das klingt sehr aufdringlich.» Kazu lächelte gewinnend. «Es würde nicht sehr lange dauern, höchstens eine Stunde. Selbstverständlich schenke ich Ihnen nachher die Abzüge.»

Schweigen. Sie saß da und starrte ohne zu trinken auf ihren Zitronensaft. «Ich muß zuerst meine Mutter fragen», sagte sie schließlich.

«Selbstverständlich!» (Wenigstens hatte sie nicht nein gesagt!) «Fragen Sie sie und bestimmen Sie eine Zeit, wann ich nicht allzusehr störe.»

«Kommt sie auch mit?» fragte Aiko geradezu und sah Tina an.

Tina schüttelte den Kopf. «Ich glaube nicht. Ich möchte nicht stören, und . . .»

«Es wäre besser, wenn sie mitkäme», fiel Aiko ihr ins Wort.

«So?»

Tina verstand den Zusammenhang nicht. Sie warteten auf eine Erklärung, aber Aiko schwieg und starrte wieder auf ihren Zitronensaft. Tinas Blick fiel auf ihre kräftigen, sehnigen Hände, die sich seltsam von den zierlichen Händchen der

meisten Japanerinnen unterschieden. Sie hatte breite, kurze Nägel, als würde sie oft daran kauen.
«Natürlich komme ich mit, wenn Sie es wünschen.» Tina lächelte freundlich. Aiko verzog keine Miene. Sie hob unvermittelt den Kopf und richtete die schrägen Augen auf Kazu.
«Werde ich dafür bezahlt?»
Die Frage fiel in verblüffte Stille. Tina und Emi warfen einen Seitenblick auf Kazu. Er ließ sich seine Überraschung nicht anmerken.
«Natürlich kann ich Ihnen ein Honorar zahlen!»
«Wieviel?»
«Ich schlage Ihnen den Anfangstarif eines Berufsmodells vor», sagte Kazu. Er nannte eine Summe in japanischen Yens. «Ist Ihnen das recht?»
War sie errötet? Es schien Tina, als hätten Wangen und Hals einen dunkleren Ton angenommen, aber das konnte auch von der Beleuchtung sein. Das Gesicht blieb unbeweglich.
«Gut», sagte sie.
Abermals Schweigen. Dann: «Sagen Sie meiner Mutter bitte nichts davon.»
«Wovon?» fragte Emi.
«Von dem Geld. Sie braucht es nicht zu wissen. Am besten geben Sie es mir, wenn wir allein sind.»
«Ich kann Ihnen auch einen Scheck ausstellen», schlug Kazu vor.
«Nein.» Sie wehrte erregt ab. «Ich hätte es lieber sofort.»
«Wie Sie wünschen.»
Aiko atmete tief auf. Sie streckte die Hand aus und trank einen Schluck Zitronensaft. «Ich werde Sie anrufen. Wo kann ich Sie erreichen?»
Kazu zückte seinen Kugelschreiber und schrieb seine Tele-

fonnummer auf eine Visitenkarte. «Am besten rufen Sie mich morgens an.»
Sie nickte, leerte ihr Glas in langen, durstigen Zügen. Dann erhob sie sich.
«Ich muß gehen.»
Sie wollte ihren Zitronensaft an der Kasse bezahlen, aber Kazu hinderte sie daran.
«Arrigato», sagte sie. «Danke.»
Sie verbeugte sich knapp und ging. Durch das Fenster sahen sie, wie sie sich in der Menge mit raschen Schritten entfernte. Sie ging mit gesenktem Kopf; die eine Schulter hing etwas tiefer als die andere.
«Gar nicht übel, deine Entdeckung!» bemerkte Emi. «Nicht nur das Gesicht ist interessant, sondern auch alles übrige. Aber sie steckt bis über beide Ohren in Problemen!»
«Äußerlich ruhig wie ein Felsen», pflichtete Tina bei. «Aber habt ihr die abgebissenen Nägel gesehen?»
«Stille Wasser gründen tief», sagte Emi. «Die japanische Literatur ist voll von solchen Beispielen. Immer schön wohlerzogen die Gefühle verstecken, und eines Tages explodiert's. Dann gibt es ein großes Drama mit Nervenkrise, Geschrei und Blutvergießen.»
«Sie ist wirklich sehr fotogen», murmelte Kazu verträumt. «Der etwas grobflächige Knochenbau des Gesichts und die gespannte, glatte Haut fangen das Licht geradezu ideal ein.»
«Glaubt ihr, daß sie anrufen wird?» fragte Tina.
«Ja», antwortete Emi. «Sie braucht Geld. In dieser Lage findet man immer einen Weg.»

9

Am nächsten Morgen – es war ein Mittwoch – saßen alle beim Frühstück, als das Telefon läutete. Frau Tanaka nahm ab, sagte ein paar japanische Worte und winkte Kazu. Er sprang mit vollem Mund auf, schluckte hastig und nahm den Hörer. Nach einem kurzen Gespräch hängte er zufrieden wieder auf.
«Da haben wir's! Aiko erwartet uns heute nachmittag um zwei. Sie hat gesagt, wir müßten heute kommen, weil ihr Vater zu Hause sei.»
Emi hob die Brauen. «Wieso ist das denn so wichtig?»
Kazu zuckte die Schultern. «Woher soll ich das wissen? Außerdem ist das nicht meine Sorge. Schließlich will ich Aiko fotografieren, und nicht den Herrn Papa.»
«Ich hoffe, daß du uns deine Eroberung nicht ewig vorenthalten wirst», sagte Jean-Paul über seine Spiegeleier hinweg.
«Diese Eroberung ist nur ein Versuchskaninchen für sein Objektiv», meinte Emi.
«Richtig», bestätigte Kazu. «Sie ist nicht mein Typ.» Während alle anderen frühstückten, saß er mit untergeschlagenen Beinen auf den Binsenmatten und wühlte in der großen Ledertasche, die sein Fotomaterial enthielt. Wenn er nicht gerade unterwegs war, konnte er sich stundenlang mit Putzen, Säubern und Auseinanderschrauben seiner Fotoapparate beschäftigen.
«Wie stellst du dir deinen Typ denn vor?» fragte Jean-Paul.

Pek lachte und antwortete an seiner Stelle: «Groß. Blond. Skandinavisch.»
«Siehst du», sagte Jean-Paul zu Tina, «du hast überhaupt keine Chancen!»
«Ich habe eben andere Vorzüge», gab Tina gleichmütig zurück.

Kazu und die beiden Mädchen verließen erst am frühen Nachmittag das Haus. Der selbstverständlich überfüllte Zug brachte sie drei Haltestellen weiter in ein älteres Stadtviertel mit engen, verwinkelten Gassen. Die Häuser waren eng aneinander gebaut, so daß sie sich wie die Teile eines Legespieles zusammenzufügen schienen. Buchsbäumchen und Zwergkiefern wuchsen in winzigen Gärten. Über den Straßen hing ein dichtes Netz von Elektrizitäts- und Telefonleitungen, aber viele der Bewohner dieser schlichten Häuser empfingen ihre Fernsehprogramme durch Satellitenübertragung.
Sie hatten ziemliche Mühe, Aikos Haus zu finden, und mußten zwei- oder dreimal die Leute fragen. Das altmodische Haus aus dunkelbraunem verwitterten Holz stand neben einem buddhistischen Kloster. Es hatte ein schräges Vordach und matte Fensterscheiben. Hinter einer Betonmauer verbarg sich ein etwa zwei Meter breiter Eckgarten, wo ein Azaleenbusch zaghaft Knospen schlug. In einem verwitterten Kakistrauch war ein Vogelhäuschen angebracht.
Kazu klingelte an der Haustür. Schlurfende Schritte; die Tür ging auf. Verblüfft starrte Tina auf die kleine, magere Frau, die auf der Holzstufe niederkniete. Sie verbeugte sich tief, die Hände flach auf dem Boden, und sagte etwas auf japanisch, was ein Willkommensgruß zu sein schien. Kazu und Emi

verbeugten sich ebenfalls, und Tina tat das gleiche. Die Frau hatte sich erhoben und bedeutete ihnen einzutreten. Sie hatte ein bleiches, aber straffes Gesicht und kniff die Augen zusammen, als sei sie nervös oder kurzsichtig. Sie trug einen schlaffen Angorapullover, Wollstrümpfe und ausgetretene Pantoffeln.

«So sah der japanische Hausfrauentyp vor vierzig Jahren aus», murmelte Emi auf französisch. «Es scheint, daß man hier Wert auf Tradition legt. Nette Aussichten für Kazu!»

Sie zogen ihre Schuhe aus und folgten der Frau, die ihnen in dem dunklen Hausflur voraustrippelte. Dann glitt sie abermals auf die Knie und öffnete eine Schiebetür. Neue Verbeugung. Bitte eintreten! Vor ihnen lag ein kleiner, düsterer Wohnraum. Der Boden war mit abgetretenen Binsenmatten bedeckt. In der Mitte saß vor einem flachen Tisch ein Mann in kerzengerader Samuraihaltung. Er war gekleidet wie für eine Hochzeit oder für ein Begräbnis: schwarzer Anzug mit Bügelfalten, weißes Hemd, gestreifte Krawatte. Sein rundes, faltenloses Gesicht hatte einen hochmütigen Ausdruck. Er grüßte ohne zu lächeln, mit einer knapp bemessenen Verbeugung. Nicht gerade freundlich, der Herr Papa! dachte Tina, während sie unter betretenem Schweigen Platz nahmen. Da knieten sie nun alle würdevoll in einer Reihe, während Herr Sakura den Hals reckte und sie von oben herab musterte. Plötzlich stieß er mit abgehackter Stimme einen Wortschwall hervor. Kazu antwortete höflich-geduldig, während Emi brav die Hände auf die Knie faltete und mit spöttisch glänzenden Augen schwieg.

Tina ließ ihre Blicke im Zimmer umherschweifen. Einige schrankähnliche Möbel mit vielen Schubladen lehnten an den Wänden. Darauf standen ein Fernsehgerät, ein Wäschekorb

voller Wäsche, ein Toaster, eine elektrische Kaffeemaschine und, in einem Glaskasten, zwei wunderschöne, ganz in Goldbrokat gekleidete japanische Puppen. An der Wand hingen ein buntes Bild von einem Shinto-Heiligtum im Sonnenuntergang und daneben ein Druck der Mona Lisa.
Ein kurzer Batikvorhang verdeckte den Eingang zur Küche. Jedesmal wenn Frau Sakura daran vorbeiging, bauschte er sich im Luftzug, und Tina sah einen Kühlschrank, einen Gasherd und ein Waschbecken voll schmutzigem Geschirr. Von ihrem Platz aus beobachtete Tina, wie Frau Sakuras Wollstrümpfe und Filzpantoffeln eilig hin und her huschten. Augenscheinlich bereitete sie etwas vor. Endlich kam sie mit einem Tablett zum Vorschein, kniete nieder und stellte – vor ihren Göttergatten zuerst, dann vor die anderen – eine Schale grünen Tee und eine Scheibe Bohnenteigkuchen. Schweigen. Alle schlürften ihren Tee. Inzwischen setzte sich Frau Sakura etwas abseits auf ein Kissen, suchte eine bequeme Stellung und faltete die Hände im Schoß. Weiterhin Stille. Tina fiel aus allen Wolken, als sie plötzlich das Wort ergriff. Und zwar auf eine Art, die mit ihrer Rolle als demutsvolle Haus- und Ehefrau nichts mehr im geringsten gemein hatte. Ihre Stimme klang fest, ja nahezu schrill. Ihr Mann, der in seinem schwarzen Anzug aussah, als würde er gleich aus den Nähten platzen, saß still und hielt den Mund. Tina ging plötzlich ein Licht auf: Nicht er, sondern sie führte hier das Kommando.
«Frau Sakura sagt», übersetzte Kazu, «daß es für sie eine Ehre sei, uns zu empfangen. Ihre Tochter sei außergewöhnlich begabt. Sie hat gerade die Aufnahmeprüfung an der Universität Keio absolviert, was wir ja schon alles längst wußten. Sie betont, daß der Erfolg ihrer Tochter nur ihr zu verdanken sei, woran ich sehr zweifle. Sie hat ihr Privatstunden in

Mathematik, Physik, Logik, Klavier und Violine erteilen lassen. Sie wünscht, daß sie in Wirtschaftskunde doktoriert, um einen Beruf in leitender Stellung auszuüben und ihren Eltern einen gesicherten Lebensabend zu bieten ... und im übrigen geht sie mir auf die Nerven, und wenn sie nicht bald ihre Tochter kommen läßt, frage ich mich, was wir hier zu suchen haben.»
Abermals Schweigen. Herr Sakura lächelte mit goldblitzenden Zähnen stolz seiner Frau zu den Worten. Emi lächelte nichtssagend zurück, und Tina rutschte nervös auf den Knien hin und her: Ihre Beine schliefen ein.
Frau Sakura fuhr mit der Zunge über die bleichen Lippen. Sie saß völlig bewegungslos, die Hände im Schoß verschränkt, und gab mit eintöniger Stimme einen erneuten Redeschwall von sich.
Kazu übersetzte mit wachsender Ungeduld: «Sie ist sehr geschmeichelt, daß ich auf ihre Tochter aufmerksam geworden bin, und sie hofft, daß ihr Bild in den führenden europäischen Zeitschriften erscheinen wird. Es soll dabei nicht ihre gar nicht vorhandene Schönheit gerühmt werden, sondern die Tatsache, daß es sich um eine Studentin der berühmten Keio-Universität handelt, die dank der Opferbereitschaft ihrer Eltern vor einer außergewöhnlichen beruflichen Laufbahn steht.»
«Ist sie noch nicht bald fertig?» flüsterte Tina.
Frau Sakura war fertig: Sie verneigte sich, lächelte frostig. Ihr Gatte verneigte sich ebenfalls. Den dreien blieb nichts anderes übrig, als sich ebenfalls zu verneigen.
«Gleich verliere ich die Geduld!» murmelte Emi auf französisch.
«Beherrsche dich noch ein bißchen», erwiderte ihr Bruder in

der gleichen Sprache. «Nachdem wir das alles durchgestanden haben, will ich jetzt endlich das Wunderkind fotografieren!»
Frau Sakura erhob sich und huschte aus dem Wohnzimmer. Man hörte ein Flüstern, das leichte Geräusch von Schiebetüren. Aiko erschien. Sie trug wie am Vorabend ihre Schuluniform. Ihr Gesicht blieb völlig ausdruckslos, während sie sich auf der Türschwelle verneigte.
«Here is my daughter», verkündete Herr Sakura und warf sich in die Brust. Er deutete auf Kazu, dann auf die beiden Mädchen und redete auf Aiko ein. Es klang wie bei einem General des kaiserlichen Heeres, der seine Soldaten vor dem Angriff ermahnte. Doch Aiko sah ihn ruhig an, mit einem warmen Schimmer in den Augen, nickte mehrmals und verneigte sich schließlich.
«So», murmelte Kazu, «jetzt hat auch der Herr Papa seine Einwilligung in höchst moralischer Form begründet, und ich kann endlich mit meiner Arbeit beginnen.»
Er holte sein Fotomaterial aus der Tasche, breitete Linsen, Objektive und Belichtungsmesser auf der Binsenmatte aus. Die Eltern Sakura schauten würdevoll zu, wie er seine Apparate einstellte, die Lichtquellen untersuchte und die Distanzen schätzte.
«Darf ich den Tisch verrücken? Nur ein wenig! ... So ist es recht! Danke! ...»
Emi und Tina setzten sich abseits, um Kazu nicht im Weg zu sein.
Mit kaltem, berechnendem Blick verfolgte Frau Sakura jede Bewegung ihrer Tochter.
«Du liebe Zeit!» dachte Tina. «Die sieht ihr Wunderkind sicherlich schon als Filmstar!»

«Was muß ich tun?» fragte Aiko auf englisch.
Es war das erste Mal, daß sie den Mund aufmachte.
Kazu überlegte kurz.
«Zuerst füllen Sie die Teekanne und schenken sich Tee ein. Tun Sie so, als seien Sie alleine im Zimmer. Schauen Sie die Teekanne an, und nicht mich! Ja, so ist es richtig!»

Kazu und sein Modell arbeiteten mehr als eine Stunde. Nur das Getöse der Züge, die in regelmäßigen Abständen vorbeifuhren, war zu hören. Jedes Mal erbebten die dünnen Hauswände, und die Fensterscheiben klirrten. Während Frau Sakura in eine Salzsäule verwandelt schien, thronte Herr Sakura unter der Mona Lisa und gab hier und da dumpfe Ausrufe und Kehllaute von sich. Kazu ließ sich nicht in seiner Arbeit stören und antwortete einsilbig, während er die Ausdruckslosigkeit des Mädchens durch ein geschicktes Spiel mit Licht und Schatten zur höchsten Geltung brachte. Aiko gehorchte stumm jeder Anweisung. Ihre anfängliche Verlegenheit war verflogen. Sie bewegte sich so natürlich und gleichgültig, als hätte sie die Anwesenheit des Fotografen vergessen, und es kam Tina in den Sinn, daß diese Unempfindlichkeit nicht gespielt sein konnte. Es mußte dieselbe Gleichgültigkeit sein, die sie ihren Eltern und ihrem unerfreulichen Zuhause Tag für Tag entgegenbrachte. Sie war zur gleichen Zeit körperlich anwesend und in ihren Gedanken und Gefühlen weit weg. Endlich gab sich Kazu zufrieden. Er legte seine Nikon in die Tasche zurück, bewegte seine steif gewordenen Schultern und lächelte.
«So, wir haben es geschafft! Ich danke Ihnen, Aiko-San!»
Ohne eine Miene zu verziehen, deutete sie eine Verbeugung an und antwortete gleichgültig: «Es war mir ein Vergnügen.»

«Fertig?» rief Herr Sakura.

«Hai», antwortete Kazu, während Frau Sakura, wie auf Kommando, frischen Tee und Bohnenkuchen brachte. Inzwischen sagte Herr Sakura seiner Tochter einige Worte. Sie lächelte kaum merklich, verschwand aus dem Zimmer und kam einen Augenblick später mit einem Album in der Hand zurück.

«My daughter's photobook», verkündete Herr Sakura mit goldblitzenden Zähnen.

Also tranken sie nochmals Tee und schauten gelangweilt das Fotoalbum an. Aiko als Baby, als Kleinkind, als Schulmädchen, Aiko in den Bergen und Aiko am Meer.

Schließlich schielte Emi auf ihre Armbanduhr. «Ich glaube, wir müssen uns verabschieden...»

«Sobald ich die Bilder entwickelt habe, werde ich Aiko Abzüge senden», versprach Kazu. Er hatte das Honorar in einen Umschlag gesteckt und benutzte den Aufbruch, um ihn diskret in Aikos Hand gleiten zu lassen. Aiko dankte ihm mit einem raschen Blick und ließ den Umschlag kurzerhand zwischen den Seiten des Fotoalbums verschwinden. Familie Sakura begleitete sie zur Haustür. Im Lärm der U-Bahn durchquerten sie den Garten. Die Sakuras standen in einer Reihe, zeigten die Zähne und verneigten sich. Aiko drückte das Fotoalbum an sich. In ihrer Schuluniform sah sie wie eine Zwölfjährige aus.

«Schlimm!» Tina schüttelte sich. «Kein Wunder, daß Aiko an ihren Nägeln kaut! Wie kann sie bloß dieses Zuhause ertragen?»

«Außenstehende lassen sich leicht täuschen», sagte Kazu. «Aber solche Verhältnisse kommen in japanischen Familien häufiger vor, als man denkt. Vor der Öffentlichkeit spielt sich

der Vater als Herr und Meister auf, und die Mutter unterstützt ihn dabei, um die Familienehre zu wahren! In Wirklichkeit hat der arme Mann nichts zu melden. Die Mutter pfeift, und er tanzt. Was die Tochter betrifft ... nun, die schweigt und gehorcht, solange sie zu Hause ist. Aber sobald sie verheiratet ist, hält sie ihrerseits die Zügel mit fester Hand.»
«Jetzt weißt du», sagte Emi verschmitzt, «warum mein Bruder lieber eine Ausländerin will.»
Tina lächelte ihn an. «Vorsichtshalber?»
Kazu warf ihr einen Seitenblick zu. «Wer weiß? Vielleicht komme ich vom Regen in die Traufe!»
Er warf seine Haare zurück und lachte so breit und fröhlich, daß Tina nicht anders konnte, als mitzulachen. Er neckte sie offensichtlich, aber etwas in seiner Stimme, im Ausdruck seiner Augen verriet, daß er ihre Anspielung ernst nahm. Das war schon immer Tinas Art gewesen: Wenn sie einen Jungen mochte, gab sie es ihm zu verstehen, und zwar deutlich und sofort. Für das althergebrachte Katz-und-Maus-Spiel zwischen Jungen und Mädchen hatte sie nie etwas übrig gehabt. Ihre Gedanken schweiften zu Aiko zurück. Wie konnte sie sich zu einem selbstbewußten und starken Menschen entwickeln, wenn ihr jede Entscheidung abgenommen oder aufgezwungen wurde?
«Warum läuft sie nicht von zu Hause fort?» fragte sie, während sie im Gedränge die Rolltreppe zur U-Bahn hinaufstiegen.
«Das ist leichter gesagt als getan», erwiderte Emi. «Sie hat weder Geld noch ein abgeschlossenes Studium. Ohne das ist man aufgeschmissen in Japan.»
«Stimmt.» Kazu kramte in seinen Jeanstaschen nach dem

Fahrgeld. «Meine ehrenwerten Landsleute leiden unter einem Studiumkomplex. Jemand, der nach der Schule sofort eine Lehre antritt, hat kaum eine Chance vorwärtszukommen. Und vorwärtszukommen ist heute so wichtig, daß viele nicht in Ruhe schlafen und sogar noch nachts von Aufnahmeprüfungen träumen!»
«Aiko auch?» fragte Tina.
Kazu schüttelte den Kopf. «Aiko wohl kaum. Aber ihre Frau Mama ganz sicher!»

10

Als sie eine Stunde später nach Hause kamen, fanden sie die Eltern, Pek und Jean-Paul im Wohnzimmer. Sie saßen im Halbkreis und starrten gebannt auf den Fernsehschirm.
«Was ist los?» fragte Tina belustigt. «Die Wahl der neuen Miss Japan?»
«Leider nicht!» Jean-Paul schüttelte ungläubig den Kopf. «Schaut euch das an! Das ist ein Streifen aus den siebziger Jahren. Da hatte man doch tatsächlich auf den Philippinen einen japanischen Soldaten entdeckt, der sich seit Ende des Zweiten Weltkriegs im Dschungel verborgen hielt. Er besaß nichts als eine Schere, eine Feldflasche und einen rostigen Säbel.»
«Der Arme!» rief Tina. «Wußte er denn nicht, daß der Krieg seit über dreißig Jahren zu Ende war?»
«Natürlich wußte er es! Nur hatte er von seinen Vorgesetzten keinen Befehl erhalten, sich zu ergeben.»
Kazu hob halb mitleidig, halb abschätzig die Schultern. «So tat er, was er für seine heilige Soldatenpflicht hielt: Er blieb im Dschungel und wartete.»
Auf dem Fernsehschirm schwenkte eine große Menschenmenge Fähnchen. Tina fiel auf, daß es vor allem ältere Leute waren. Der Soldat, ein drahtiger, kleiner Mann mit wachsamen, mißtrauischen Augen, verbeugte sich feierlich nach allen Richtungen.
«Der Inselgouverneur hat ihm verziehen», übersetzte Emi, «und der Soldat hat ihm seinen Säbel übergeben.»

Tina schüttelte den Kopf. «Wenn unsere Eltern vom Zweiten Weltkrieg reden, kommt uns das ebenso unbegreiflich vor. Wie können vernünftige Menschen nur so unvernünftig sein?»
«Die taten, was man ihnen sagte», meinte Jean-Paul.
«Das ist ja gerade das Schlimme!» rief Tina. «Daß sie keine eigene Meinung hatten.»
Herr Tanaka stellte den Fernsehapparat ab. «Vielleicht sollte einer von uns älteren Semestern unsere Gäste etwas in die frühere Denkweise einweihen.»
«Aber Papa, du bist doch gar nicht alt!» rief Emi.
«Alt genug, um den Wechsel der Generationen miterlebt zu haben», erwiderte Herr Tanaka. «Ich möchte versuchen, euch das Verhalten dieses Soldaten zu erklären. Die japanische Jugend weiß heute kaum noch etwas von dem Zwang, der früheren Generationen auferlegt wurde. Für meinen Sohn und meine Tochter, zum Beispiel, ist Freiheit so natürlich wie Luft und Sonnenschein. Vor dem Zweiten Weltkrieg jedoch wuchs jeder Japaner in der felsenfesten Überzeugung auf, daß der Kaiser göttlicher Abstammung sei und man sich für ihn opfern müsse. Im Krieg war Gehorsam keine Pflicht, sondern Selbstverständlichkeit. Erinnert euch an die ‹Kamikaze›, die japanischen Todesflieger. Aber Hiroshima und Nagasaki wurden durch die Atombombe zerstört. Unzählige Menschen kamen ums Leben. ‹Ich bin nur ein Mensch›, sagte Hirohito, als seine Stimme zum erstenmal im Radio erklang, um Japans Niederlage zu verkünden, und die Menschen warfen sich auf den Straßen nieder und weinten, weil sie erkennen mußten, daß ihr Opfer sinn- und nutzlos gewesen war.» Er blieb einen Augenblick stumm. Die anderen schwiegen ebenfalls. «Dieser Soldat, der dreißig Jahre lang im

Dschungel überlebte, wollte nicht an Japans Niederlage glauben. Er redete sich ein, die Nachrichten, die er hörte, seien nur eine List des Feindes. Er wollte nicht einsehen, daß er betrogen worden war, daß ein falsches Ideal seine Opferbereitschaft mißbraucht hatte. Sein Geist zuckte vor dieser Erkenntnis zurück; er flüchtete lieber in den Wahn.»
«Im Grunde ist er zu bedauern», sagte Tina ergriffen. «Er kann ja nichts dafür, daß er so ist.»
Kazu nickte düster. «Frühere Generationen wurden dazu erzogen, alles schwarzweiß zu sehen. Das war in Europa genauso. Ich bin froh, daß ich heute lebe. Daß ich sagen und denken kann, was mir paßt.»
«Du mit deinem Dickkopf hättest die Gehirnwäsche sowieso überstanden», meinte Emi.
«Ja, hinter Gittern», sagte Kazu. Er verzog das Gesicht und stand auf. «Während Papa sich bemüht, euch die komplizierte Psyche unserer Vorfahren zu erklären, werde ich meinen Freund fragen, ob Pek und ich seine Dunkelkammer benützen können.»
Er ging hinaus, um zu telefonieren, und kam kurz darauf zufrieden zurück.
«O.k.», sagte er zu Pek. «Pack deine Filme zusammen und komm! Kann ich den Wagen haben?» fragte er seine Eltern. «Wir müssen ans andere Ende von Tokio und werden uns die ganze Nacht um die Ohren schlagen!»

Sie verließen das Haus einige Minuten später, und Jean-Paul blieb mit den beiden Mädchen allein. Eine Zeitlang hörten ihm Emi und Tina zu, wie er einen Bericht für Radio Bern auf Kassette sprach. Leider schien es mit der Konzentration zu hapern: Seine tiefe, klangvolle Stimme verhaspelte sich

immer wieder. Das passierte ihm sonst nie. Schließlich wurde es Tina zu bunt.
«Wenn Zuber dieses traurige Gestotter zu hören bekommt, kürzt er dir die Honorare! Was ist mir dir los?»
«Wahrscheinlich bin ich es, die ihn so aus der Fassung bringt!» Emi zwinkerte Tina zu. «Komm! Wir lassen ihn am besten allein!»
«Ach was, ich habe nur zuwenig geschlafen!» Jean-Paul schaltete den Kassettenrecorder aus und seufzte abgrundtief. Er war rot geworden bis zu den Haarwurzeln. Ich hätte nie gedacht, daß Jean-Paul wie ein Heckenröschen erröten kann! dachte Tina, während sie lachend die Treppe hinauf in Emis Zimmer stiegen. Die «Foutons», die japanischen Betten, waren schon auf der Binsenmatte ausgebreitet. Sie setzten sich darauf. Emi zerstückelte lustlos eine Tafel Nußschokolade, die Tina ihr mitgebracht hatte. Wie immer, wenn sie tief in Gedanken war, zogen sich ihre Brauen zusammen, und oberhalb ihrer Nasenwurzel bildeten sich zwei kleine senkrechte Falten.
«Wußtest du, daß ich vor kurzem Jean-Paul geschrieben habe?» fragte sie unvermittelt.
Tina war froh, daß sie endlich von selbst davon anfing. Sie nickte. «Jean-Paul hat es erwähnt.»
«So!» Emi hielt Tina die Schokolade hin «Hat er dir etwas vom Inhalt dieses Briefes erzählt?»
«Kein Wort!» Tina nahm sich ein Stück. «Als begabter Radioreporter ist er imstande, eine Stunde lang zu reden, ohne etwas zu sagen!»
«Es handelt sich um Pek», sagte Emi. «Vor ungefähr zwei Monaten bat er mich, nach Rom zu kommen, um mit ihm zu leben.»

Tina hörte auf zu kauen und starrte sie an. Emi machte ein finsteres Gesicht. Die zwei kleinen Falten zwischen ihren Brauen zuckten.
«Ich wußte einfach nicht, was tun! Ich schwankte hin und her. Plötzlich, wie aus heiterem Himmel, überfiel mich die Idee: Du mußt Jean-Paul um Rat fragen!»
«Warum ausgerechnet Jean-Paul und nicht Kazu?»
Emi lächelte hilflos. «Du weißt, wie das mit Geschwistern ist! Es klingt zwar verrückt, aber ich genierte mich irgendwie. Vielleicht, weil Pek und Kazu befreundet sind und weil sie zusammenarbeiten. Ich redete mir ein, Jean-Paul könnte als Außenstehender sachlicher urteilen. Sein Gesicht hätte ich sehen mögen, als er den Brief erhielt!»
Tina konnte es sich vorstellen. «Und? Was hat er geantwortet?»
«Etwas recht Kluges: daß meine Unentschlossenheit schon eine Antwort sei. Wenn ich mir mit meinen Gefühlen Pek gegenüber sicher wäre, würde ich mir nicht den Kopf zerbrechen, sondern den nächsten Flug nach Rom buchen. Das sei kein Rat, sondern eine einfache Feststellung. Im übrigen müßte ich selbst entscheiden.»
Tina nagte an der Unterlippe. Die Arbeitslampe erfüllte das Zimmer mit milchig-gedämpftem Licht. «Und du . . .», fragte sie schließlich, «magst du Pek noch immer?»
«Das versuche ich eben herauszufinden!» Emi steckte sich ein Stück Schokolade in den Mund. «Wenn er nur nicht so ein verdammt netter Kerl wäre! Außerdem sieht er toll aus. Du weißt, ich schwärme für Blond! In den sieben Monaten, wo wir getrennt waren, hat er häufig geschrieben, viel öfter als ich. Aber ich kann mir einfach nicht vorstellen, mit ihm zusammenzuleben . . . ich meine, nicht jeden Tag. Er geht

mir auf die Nerven, wenn er so versnobt mit fünf Kameras auf dem Bauch daherkommt, damit alle sofort sehen, daß er Fotograf ist. Natürlich hat jeder das Recht, auf seinen Erfolg stolz zu sein. Aber . . .»
Sie stockte mit einer unwilligen Handbewegung.
«Und Jean-Paul?» warf Tina dazwischen.
Emi hob die Brauen. «Jean-Paul? Wieso Jean-Paul?»
«Empfindest du etwas für Jean-Paul? Du hast ihn in einer sehr persönlichen Angelegenheit um Rat gefragt . . .»
Die Falten zwischen Emis Brauen vertieften sich. «Das ist es ja eben! Man spürt bei ihm, daß er andere Menschen ernst nimmt und achtet. Wenn jemand mit ihm redet, hört er zu. Er nimmt teil an dem, was der andere sagt oder zu sagen versucht. Das ist selten. Die meisten Leute hören sich am liebsten selber reden. Sie schnappen jedes Stichwort wie einen Ball auf, um sofort wieder zurückzuschlagen. Das ist kein Gespräch mehr, das ist ein Pingpongspiel!»
Tina lächelte bei diesem Vergleich, aber sie war erstaunt, daß Emi in der kurzen Zeit, seit sie Jean-Paul kannte, seine Eigenschaften so genau erkannt hatte. War jetzt nicht der richtige Augenblick, ihr anzudeuten, daß Jean-Paul in sie verliebt war? Stop, sagte sie sich. Das sind Vermutungen. Jean-Paul hat kein Wort darüber verloren. Sie beschloß, die Sache für sich zu behalten. Was nützte es, Emi noch mehr in Verwirrung zu bringen? Jean-Paul hatte recht: Emi mußte selber entscheiden.
«Pek hat vorgeschlagen, ich sollte bei meiner Zeitung um eine Versetzung als Auslandskorrespondentin nach Rom ersuchen und Ende des Monats mit ihm zurückfliegen», fügte Emi nach kurzem Schweigen hinzu.

«Hast du es schon mit deinen Eltern besprochen?»
Emi schüttelte den Kopf. «Noch nicht. Aber die werden keine Schwierigkeiten machen. Sie vertrauen darauf, daß wir uns richtig entscheiden. Was würden denn deine Eltern sagen, wenn du mit einem Jungen zusammenwohnen wolltest?»
Tina lächelte. «Das kommt auf den Jungen an! Wenn er ihnen sympathisch ist, machen sie kein Theater.»
Sie stockte und dachte an Kazu. Emis Augen blitzten schalkhaft.
«Was würden sie denn zu meinem Bruder sagen?»
«Nun . . .» Tina lachte etwas verlegen. «Wie kommst du darauf? Es war nie die Rede davon!»
«Das geschieht oft schneller, als man denkt!» Emis Gesicht wurde wieder ernst. «Ich will dich nicht entmutigen. Nur damit du es weißt: Er kommt in Rom mit vielen Mädchen zusammen.»
Tina nickte beklommen. Das war eben der Haken bei Kazu! So gelassen und ungezwungen heiter, wie er auftrat, mußten ihn die Mädchen belagern wie Wespen einen Marmeladetopf, das hing schon mit seinem Beruf zusammen. Sie kaute verdrossen Schokolade und betrachtete Emi aus den Augenwinkeln. Dann gab sie sich einen Ruck.
«Ist dir bekannt, ob er in Rom . . . eine feste Freundin hat?» fragte sie und kam sich ziemlich albern vor.
Emi lachte schallend. «Eine feste Freundin? Du liebe Zeit! Einen ganzen Harem! Exotischer Charme exportiert sich gut nach Europa . . .»
Sie sah, wie sich Tinas Gesicht verfinsterte, und hörte auf zu lachen.
«Mach kein so deprimiertes Gesicht!» sagte sie beschwich-

tigend. «Schließlich bin ich Kazus Schwester, und niemand kennt ihn besser als ich. Er ist immer nett und freundlich zu allen Mädchen, aber wenn es ernst wird, läßt er sich Zeit.»

11

Kazu und Pek, erfuhren sie am nächsten Tag, waren erst gegen vier Uhr morgens heimgekehrt. Sie erschienen zum Frühstück, gähnend und verschlafen, aber offensichtlich sehr zufrieden. Kazu holte einen Stapel Schwarzweißfotos aus einem Umschlag und zeigte sie herum. Alle waren sehr beeindruckt. Wie durch ein Wunder war es ihm gelungen, die seltsam aufflackernde Unruhe, die hinter Aikos Ausdruckslosigkeit lauerte, einzufangen und im Bild festzuhalten.

«Großartig!» murmelte Jean-Paul.

«Nicht übel.» Emi betrachtete die Fotos mit Kennermiene. «Das Mädchen verbirgt hinter ihrer scheinbaren Sanftmut eine ungeheure Entschlossenheit und Kraft.» Sie zog eine Grimasse. «Schlechte Aussichten für Mama Sakuras Altersversicherung!»

Kazu gähnte hinter seinem Handrücken.

«Sobald ich etwas Zeit habe, werde ich die besten Bilder vergrößern und Aiko zusenden. Sie kann damit ihr Fotoalbum ergänzen!»

Pek öffnete die Schiebetür, die in den Garten führte, und blinzelte in die kühle, blaue Luft. «Wie sieht das Programm für heute aus? Die Sonne scheint, und das Wetter ist fotogen. Ich brauche für ein Archiv einige typisch japanische Landschaftsaufnahmen.»

«Ich habe etwas Zeit, da ich meinen nächsten Bericht erst in drei Tagen abliefern muß», sagte Emi. «Da die Sicht klar ist,

schlage ich einen Ausflug zum Fuji-Berg vor. Papa, würdest du uns noch einmal den Wagen leihen?»
Herr Tanaka schaute von seiner Zeitung auf. Er war am Morgen nie sehr gesprächig. «Das hängt davon ab, wie ihr fahrt.»
«Elegant und sicher natürlich, wenn ich am Steuer bin», sagte Kazu mit vollem Mund.

Der Fuji-Berg sah genauso aus, wie Tina ihn von tausend Bildern her kannte: ein unglaublich graziöser, perfekter Kegel, der in der dunstig-blauen Luft zu schweben schien. Die von frischem Schnee bedeckte, etwas abgeflachte Spitze schimmerte wie von Zucker überpudert.
«Der Vulkan ist dreitausend Meter hoch», erklärte Emi. «Die Tradition schreibt vor, daß ihn jeder Japaner einmal in seinem Leben besteigen soll, um vom Kraterrand aus den Sonnenaufgang zu erleben.»
«Vergiß nicht, das dazugehörige Sprichwort zu zitieren», warf ihr Bruder dazwischen. «Den Fuji-Berg nicht zu besteigen ist eine Schande; ihn zweimal zu besteigen ein Wahnsinn!»

Gegen acht Uhr kamen sie abgespannt und hungrig nach Hause. Es war schon dunkel. Aus dem Wohnzimmer drang Licht hinter den Schiebetüren hervor.
Als sie die Haustür öffneten, erschien Frau Tanaka wie gewohnt, um sie zu begrüßen. Sie lächelte jedoch nicht; ihr frisches, glattes Gesicht wirkte besorgt. Sie richtete an Emi und Kazu ein paar Worte auf japanisch. Ihre Stimme klang erregt. Die beiden standen da, ihre Schuhe in der Hand, und starrten sie verblüfft an.

«Ist etwas passiert?» fragte Pek.
«Frau Sakura hat heute nachmittag dreimal angerufen.»
«Wer?»
«Aikos Mutter.»
Sie schlüpften in aller Eile in ihre Hauspantoffeln und gingen ins Wohnzimmer. Herr Tanaka saß in seinem Sessel, las eine Fachzeitschrift und trank grünen Tee. Er rückte seine Brille zurecht, runzelte die Stirn und fragte auf englisch: «Was habt ihr denn mit diesem Mädchen angestellt?»
«Wir?» antwortete Kazu entgeistert. «Nichts.»
«Das ist aber nicht Frau Sakuras Meinung.» Herr Tanaka faltete seine Zeitschrift zusammen. «Sie macht euch für das Verschwinden ihrer Tochter verantwortlich.»
Ein bestürztes Schweigen folgte. Kazu fand als erster die Sprache wieder.
«Moment mal! Was ist das für ein Schauerroman?»
«Das frage ich dich.» Herr Tanakas braune Augen blickten aufmerksam, aber gelassen. «Es waren doch Aiko Sakuras Fotos, die du uns heute morgen gezeigt hast?»
«Natürlich! Ich habe sie vergangene Nacht entwickelt!»
«Wie lange kanntest du dieses Mädchen?»
«Seit drei Tagen. Ich sah sie in der U-Bahn und fragte sie, ob ich sie fotografieren dürfte.» Er verzog das Gesicht. «Offenbar hätte ich besser meinen Mund gehalten!»
«Es ist sehr taktlos, hübsche Mädchen in der U-Bahn anzusprechen», spöttelte Pek, aber niemand ging darauf ein.
«Seit wann ist Aiko verschwunden?» fragte Emi.
«Seit heute morgen. Sie hat um neun Uhr das Haus verlassen.»
«Aber das ist doch kein Grund zur Aufregung!» rief Emi. «Wahrscheinlich ist sie schon längst wieder daheim!»

«Aiko kommt immer pünktlich nach Hause, hat ihre Mutter erklärt. Die Eltern haben sie vergeblich zum Mittagessen erwartet. Vor einer halben Stunde hat Frau Sakura zum letztenmal angerufen. Aiko ist noch immer nicht zurück.»
Kazu warf einen Blick auf seine Armbanduhr. «Hm . . . das ist allerdings seltsam!»
«Frau Sakura droht, euch bei der Polizei anzuzeigen», fuhr sein Vater fort. Er sprach ganz ruhig; man spürte, daß es ihm nur darum ging, die Sache zu klären.
«Na, das sieht ihr ähnlich!» brummte Kazu. «Und was hast du darauf geantwortet?» fragte er seinen Vater.
«Deine Mutter hat versucht, sie zu beruhigen.»
Frau Tanaka nickte. «Mir ging es darum, Zeit zu gewinnen. Aber es war schwer, sie von eurer Aufrichtigkeit zu überzeugen.»
Herr Tanaka fügte mit leisem Schmunzeln hinzu: «Sie hat ihre ganze Überredungskunst eingesetzt, um euch aus der Klemme zu helfen.»
«Das glaube ich gerne!» Emi hob die Augen zur Decke. «Ohne Mamas diplomatisches Talent säßen wir jetzt auf der Polizeiwache! Ich habe ja vorausgesagt: Eines Tages wird Mama Sakuras wohlorganisierte Welt wie eine Seifenblase zerplatzen! Mich wundert nur, daß es so schnell ging.»
«Ich mußte Frau Sakura versprechen, daß ihr sie sofort nach eurer Rückkehr anruft.»
Emi und Kazu wechselten einen Blick.
«Vermutlich sollten wir zu ihr fahren. Das gibt einen fröhlichen Abend!»
«Wie wär's, wenn Pek und ich mitkommen?» schlug Jean-Paul vor. «Wenn wir zu fünft aufmarschieren, bleibt Frau Kirschblüte vielleicht die Luft weg.»

«Na, dann los!» Seufzend griff Kazu nach dem Autoschlüssel.

Vor dem Bahnübergang, der zum Stadtviertel Soshigaya führt, staute sich eine endlose Autoschlange. Kazu hielt an und wartete. Endlich hoben sich die Bahnschranken. Der Wagen bog in das Gewirr enger, gerader Straßen ein, die von Lebensmittelläden, Cafés und Imbißstuben gesäumt waren und bahnte sich einen Weg zwischen Fußgängern und Fahrrädern. Hier und da sah man die grell erleuchteten Hallen, wo «Pachinko», das japanische Billard, gespielt wurde. Frauen und Männer, ja sogar Mütter mit Kleinkindern, saßen vor den Spielkästen, bewegten mit Daumen und Zeigefinger die Hebel auf und nieder und starrten auf die kleinen Bleikugeln, die mit lautem Getöse von Feder zu Feder hüpften.

Die Straße, wo Aikos Haus stand, lag ruhig und dunkel da. Sie fanden leicht einen Parkplatz. Aus den Fenstern des buddhistischen Klosters drang gedämpftes Licht. Man hörte ein Glöckchen bimmeln.

Tina bekam plötzlich ein schlechtes Gewissen. «Soll ich nicht lieber mit Pek im Auto warten? Frau Sakura schätzt es bestimmt nicht, wenn die ganze Horde vor ihrer Haustür auftaucht!»

«Ach, sei kein Spielverderber», meinte Pek. «Wir werden den Mund halten und uns taktvoll in eine Ecke verkriechen. Ich bin so neugierig darauf, ein echtes japanisches Familiendrama mitzuerleben. Gibt es da Geschrei und Haareraufen wie bei uns in Italien?»

Kazu drückte auf den Klingelknopf. Nach einem Augenblick öffnete sich die Tür. Im düsteren Schein einer Neonröhre verneigte sich Frau Sakura. Ein krampfhaftes Lächeln zuckte um ihre Lippen, ihre Augen funkelten, und sie war so bleich, daß ihr Gesicht grünlich wirkte.

«Japanische Selbstbeherrschung!» flüsterte Emi und stieß Tina in die Rippen. «Sie würde uns am liebsten einen Schuh an den Kopf schmeißen!»

Kazu räusperte sich vernehmlich. «Wir haben uns erlaubt, zwei Freunde mitzubringen.» Er deutete auf Pek und Jean-Paul, die sich linkisch verbeugten.

«Ich bitte, uns die Ehre zu erweisen einzutreten», lispelte Frau Sakura. Sie kniete am Rande des erhöhten Dieleneingangs und beugte sich hinunter, um die Schuhe, die sie auszogen, sorgfältig in eine Reihe zu stellen. Pek und Jean-Paul bekamen rote Köpfe. Frau Sakuras Dienstbeflissenheit war ihnen nicht geheuer.

Für so viele Leute schien das Haus plötzlich zu eng. Einer nach dem anderen zwängten sie sich ins Wohnzimmer. Herr Sakura saß im schwarzen Kimono, kerzengerade und mit gekreuzten Beinen, auf einem Kissen, genau wie ein Fernsehsamurai. Er verneigte sich knapp und bedeutete ihnen mit einer schroffen Handbewegung, Platz zu nehmen.

Inzwischen ließ sich Frau Sakura neben ihrem Göttergatten – aber leicht im Hintergrund – nieder. Sie faltete die Hände im Schoß und hob den Kopf. Ihre Augen sprühten regelrecht Funken, das sorgfältig gekämmte, krause Haar schien plötzlich aufgerichtet und gesträubt. Tina fühlte, wie sich das Gewitter ansammelte, und zog unwillkürlich den Kopf ein. Und richtig, schon ging es los. Frau Sakuras Wortschwall zischte und pfiff wie ein Regenguß. Mit finsterem Ausdruck ließ Herr Sakura seine Frau reden und gab hier und da einen zustimmenden Grunzton von sich. Emi übersetzte.

Am Morgen hatte Aiko das Haus später als gewöhnlich

verlassen, da die Ergebnisse der Aufnahmeprüfung für die Universität bekanntgegeben werden sollten. Als sie um die Mittagszeit noch nicht zurück war, machte sich Frau Sakura Sorgen. Aiko war immer pünktlich. Sie nahm jeden Tag den gleichen Zug, und wenn sie ihn einmal verpaßte, weil er überfüllt war, rief sie an. Frau Sakura, die einen Unfall befürchtete, benachrichtigte ihren Mann im Büro. Dieser setzte sich sofort mit der Polizei in Verbindung, aber an diesem Morgen hatte keine Schülerin einen Unfall erlitten. Stunde um Stunde verging: Aiko blieb verschwunden. Da fiel Frau Sakura der junge Fotograf ein. Kazu hatte ihr Name und Telefonnummer hinterlassen. Frau Sakura argwöhnte sofort eine Verbindung zwischen diesem Besuch und dem Fortbleiben ihrer Tochter.

«Natürlich hat sie Kazu verdächtigt», bemerkte Emi bissig. «Fotograf und dazu noch im Ausland lebend – so einer kann ja nicht vertrauenswürdig sein.»

«Hat Aiko-San vielleicht den Tag bei einer Freundin verbracht?» fragte sie. Ein vernichtender Blick streifte sie.

«Für Aiko-San bleibt keine Zeit, sich mit Freundinnen zu unterhalten. Seit Beginn ihrer Schulzeit ist ihr Tagesablauf genau eingeteilt.»

«Mit dem Ergebnis, daß keiner von euch weiß, wie sie ihre Zeit verbringt», sagte Emi mit düsterem Spott.

Herr Sakura ließ ein gewichtiges Räuspern hören; er fühlte sich verpflichtet, auch etwas zu sagen.

«Wir haben Sie gastfreundlich in unser Haus aufgenommen», stieß er herablassend hervor, «und ich will hoffen, daß Sie das Vertrauen meiner Familie in keiner Weise mißbraucht haben.»

Emi platzte die Geduld. Von der vielgerühmten japanischen

Höflichkeit blieb nur noch die äußere Form vorhanden, als sie sich mit blitzenden Augen ins Gefecht stürzte. «Herr Sakura, wir sind Journalisten. Wenn sie die ‹Asahi› lesen, werden Sie zweimal die Woche meinen dreispaltigen Bericht oben links auf der fünften Seite finden. Mein Bruder ist ein bekannter Fotograf, und meine Freunde aus Italien und aus der Schweiz befinden sich in Japan aus beruflichen Gründen. Wir haben mit dem Verschwinden von Aiko-San nichts zu tun. Wir sind jedoch gerne bereit, Ihnen zu helfen. Dazu brauchen wir aber Auskünfte. Aiko kennt bestimmt einige Leute in Tokio. Sie kann sich doch nicht in Luft aufgelöst haben.»
Frau Sakura straffte die schmalen Schultern, hob das Kinn. «Das Leben unserer Tochter spielt sich zwischen Schule und Elternhaus ab. Wenn sie Freunde hätte, wüßten wir es. Sie hat uns nie etwas verschwiegen.»
«Was für ein Dünkel!» sagte Kazu zu Tina. «Das liebe Kind verschweigt ihnen eine ganze Menge ...»
«Hat sie keine Verwandten in Tokio?» bohrte Emi weiter. «Einen Onkel oder eine Tante?»
Frau Sakura machte plötzlich ein Gesicht, als hätte sie auf etwas Saures gebissen. Wortlos drückte sie ein Taschentuch vor den Mund, während ihr Mann unbehaglich hin und her rutschte.
In dem Schweigen, das folgte, sagte Emi zu Kazu: «Klarer Fall. Sie ist ausgerissen! Was nun? Wir haben doch keine Ahnung, wo sie steckt!»
«Könnten wir uns nicht in der Schule erkundigen?» schlug Tina vor. «Mit ihren Professoren und Klassenkameraden sprechen?»
Kazu nickte. «Gute Idee! Ich will versuchen, die gute Frau

zu überreden, daß sie die Polizei vorläufig aus dem Spiel läßt. Man weiß nie: Eine offizielle Fahndung könnte Aiko in Schwierigkeiten bringen.»
Frau Sakura hatte ihr Taschentuch wieder in der Schürze verschwinden lassen. Auf ihrem Gesicht waren zwei rote Flecken erschienen. Auf einmal verneigte sie sich, stand auf und tauchte hinter den Küchenvorhang.
«Anscheinend haben wir sie besänftigt, jetzt kommt der Tee», sagte Emi. «Hoffentlich gibt es auch etwas zu essen. Mein Magen knurrt.»
Kazu versuchte inzwischen mit seiner ganzen Überzeugungskraft, Herrn Sakura davon abzubringen, die Polizei einzuschalten.
«Kazu hat angedeutet, eine offizielle Fahndung könnte seinem guten Ruf schaden», erklärte Emi. «Was sollen die Leute denken? Mein Bruder hat den Nagel auf den Kopf getroffen. Die Familie Sakura scheint panische Angst davor zu haben, bei den lieben Nachbarn ins Gerede zu kommen.»
Aikos Mutter erschien mit den Teeschalen. Zu essen gab es nichts. Aus den Augenwinkeln betrachtete Tina ihr blasses, eigensinniges Gesicht. Was mochte in ihr wohl vorgehen?
«Sag ihr, sie soll sich keine Sorgen machen», bat sie Emi. «Aiko wird bestimmt wohlbehalten wieder nach Hause kommen!»
Emi sagte ein paar Worte. Frau Sakura zuckte zusammen, als ob sie etwas gestochen hätte. Sie kniff die Augen zusammen; die bleichen Lippen formten zischend die Antwort.
«Sie sagt», übersetzte Emi, «es ginge hier um die Familienehre!»
Tina schüttelte den Kopf. «Ich verstehe nicht ganz den Zusammenhang.»

«Ich auch nicht», erwiderte Emi. «Ich werde das Gefühl nicht los, daß sie uns ein paar wichtige Dinge verschweigt.»

Kazu, der Herr Sakura am nächsten saß, merkte plötzlich, daß dieser ihn anstarrte; er wandte den Kopf. Ihre Blicke trafen sich. Herrn Sakuras Wimpern zuckten, seine schwarzen Augen flackerten bedeutungsvoll. Mit verstohlener Bewegung hielt er den Arm unter den Tisch. Kazu sah eine Visitenkarte in seinen plumpen Fingern. Mit einer Geste, die sehr natürlich war, stellte er den leeren Becher auf den Tisch, nahm die Visitenkarte aus Herrn Sakuras Hand und ließ sie in seiner Jeanstasche verschwinden. Herr Sakura neigte kaum merklich den Kopf. Seine Wangenknochen bebten unter dem Ansturm einer heftigen Erregung. Aber er beherrschte sich, runzelte die Brauen mit furchterregender Miene und sah genau aus wie ein Samurai, der sich anschickt, seinen Säbel in den Bauch eines Gegners zu rammen.

12

Sie verabschiedeten sich, nachdem Frau Sakura versprochen hatte, noch vierundzwanzig Stunden zu warten, bevor sie die Polizei einschaltete.
«Wir wollen versuchen», hatte Kazu gesagt, «Ihre Tochter zu finden. Bitte vertrauen Sie uns.»
Frau Sakura hatte nur zögernd eingewilligt. «Selbstverständlich behält mein Gatte sich vor, zu gegebener Zeit die Polizei von Ihrem Dazwischentreten zu informieren.» Herr Sakura hatte dazu feierlich mit dem Kopf gewackelt und seine Zustimmung gebrummt.
Kazu und Emi war die Drohung in Frau Sakuras Worten nicht entgangen.
«Dieser Hausdrache!» schimpfte Emi, als sie vor die Tür traten. «Im Grunde glaubt sie immer noch, wir hätten ihre Tochter gekidnappt!»

Das Wetter war umgeschlagen. Wolkenfetzen fegten über den Nachthimmel. Ein eiskalter Wind wehte. Hastig stiegen sie in den Wagen und schlugen die Türen zu.
«Was haben wir überhaupt mit dieser blödsinnigen Geschichte zu tun?» knurrte Pek unwillig.
Kazu spielte mit dem Zündschlüssel. «Kaum etwas!» sagte er. «Nur werde ich den Verdacht nicht los, daß Aiko ohne das Honorar, das ich ihr gegeben habe, nie hätte ausreißen können. Ich fühle mich verantwortlich. Ihr nicht?»
«Doch», gab Tina kleinlaut zu.

«Jemand in Tokio zu suchen, scheint mir schlimmer, als eine Nadel im Heuhaufen wiederfinden zu wollen!» seufzte Jean-Paul. «Da haben wir uns schön in die Nesseln gesetzt! Wo sollen wir anfangen, in der erstbesten U-Bahn-Station?»
«Vielleicht könnten wir es zuerst bei dieser Adresse versuchen», sagte Kazu beiläufig und ließ die Visitenkarte, die er sich im Schein der Wagenbeleuchtung angesehen hatte, gelassen zwischen Daumen und Zeigefinger baumeln.
Verblüfftes Schweigen. Emi griff nach der Karte, warf einen Blick darauf und platzte los. «Aber das ist ja Sakuras Visitenkarte! Woher hast du sie?»
Kazu grinste. «Der Herr Papa hat sie mir heimlich zugeschoben. Männliche Solidarität, nehme ich an.»
Sie steckten die Köpfe zusammen. Auf die Karte waren hastig einige Schriftzeichen gekritzelt.
«Es ist ein Name, Masao Norito», sagte Kazu, «und eine Adresse im Stadtviertel Akihabara.»
Pek hob die Brauen. «Masao Norito? Was ist das? Ein Junge oder ein Mädchen?»
Emi zuckte mit den Schultern. «Einfältige Frage! Ein Junge natürlich!»
Peks weiße Zähne schimmerten im Halbdunkel. «Wie entsetzlich für Mama Sakura: Fräulein Kirschblüte hatte nicht nur Schule und Elternhaus im Kopf!»
Kazu blickte auf die Leuchtziffern seiner Armbanduhr. «Zehn Uhr! Als Besuchszeit nicht gerade günstig, aber wie die Dinge stehen, nehmen wir uns diesen Masao Norito am besten sofort vor.»
«Ich habe Hunger!» mockerte Emi. «Wenn ich etwas leisten soll, muß ich zuerst etwas essen!»
«Das Pflichtbewußtsein meiner ehrenwerten Schwester geht

immer zuerst über ihren Magen!» brummte Kazu. Er ließ den Motor an und wendete den Wagen. Alle Cafés und Restaurants waren noch geöffnet, die Tische voll besetzt. Sie kamen durch eine Straße, wo sich auf beiden Seiten Snackbars und Imbißstuben reihten, in denen man gebackenen Fisch, Hühnchen vom Grill und heiße Nudeln essen konnte.
«Stopp!» rief Emi.
Der Wagen hielt mit kreischenden Bremsen. Zwei riesige rote Papierlaternen schaukelten im Wind neben der Tür. Sie drängten sich fröstelnd an die Holztheke und schlangen in aller Eile eine heiße Nudelsuppe hinunter. Dann ging es weiter. Einige Minuten lang brauste der Nissan über die Autobahn, die auf Betonpfeilern mehrere Stadtviertel überquerte. Tausende von bunten Lichtern und Schriftzeichen funkelten in der Nacht. Die hellen Vierecke der Fenster sprenkelten die Wolkenkratzerfassaden. Das rote Signallicht eines Flugzeugs zog am Himmel eine blinkende Spur.
Nach einer Viertelstunde verließ Kazu die Autobahn. Nun fuhr der Nissan in einer dichten Autokolonne über hell erleuchtete, breite Straßen.
«Das Ginzaviertel», sagte Emi. «Das Herz von Tokio.»
Selbst zu dieser späten Stunde waren die Straßen voller Menschen. Viele Geschäfte waren noch geöffnet. Grellbunte Kinoanzeigen, riesige Werbeplakate bedeckten die Fassaden der Hochhäuser. Über das Lichtermeer spannte sich der Nachthimmel, ein roter Schimmer hob die Umrisse der Wolkenkratzer hervor. Taxis hupten, ein Geschwader langhaariger Rocker brauste auf schweren Motorrädern in halsbrecherischem Tempo durch die endlose Straßenschlucht.
«Hier hört das Leben nie auf», sagte Emi. «Es gibt Kinos und Restaurants, die Tag und Nacht geöffnet bleiben.»

Doch bald wurden die Straßen wieder dunkler, ruhiger. Man sah nur noch vereinzelte Fußgänger. Vor den Geschäften mit den herabgelassenen Rolläden stapelten sich Kisten und Mülltonnen. Kazu fuhr langsam am Trottoir entlang.
«Wo sind wir hier?» fragte Jean-Paul.
«In Akihabara», sagte Kazu. «Sämtliche Großhändler für Elektrogeräte haben hier ihre Läden.»
«Willst du um diese Zeit noch einen Staubsauger kaufen?» gluckste Pek.
«Schrecklich witzig.» Kazus Stimme klang unfreundlich und etwas müde. «Die Adresse, die uns Herr Sakura gegeben hat, muß irgendwo in der Nähe sein. Vermutlich ist es eines dieser Geschäfte.»
Er spähte mit zusammengekniffenen Augen aus dem Wagenfenster und trat plötzlich auf die Bremse.
«Ich dachte es mir ja! Dort ist der Laden. Natürlich ist um diese Zeit nichts mehr zu machen.»
Aussteigen war sinnlos. Die Metalljalousien waren herabgelassen, und vor dem Eingang stand ein Scherengitter. Der Wind heulte, Zeitungsfetzen wirbelten auf, und alles wirkte sehr trostlos.
«Wann öffnen die Läden?» wollte Jean-Paul wissen.
«Um neun. Familie Sakura wird eine unruhige Nacht verbringen, aber vor morgen früh können wir nichts unternehmen.»
Kazu kurbelte die Fensterscheibe hoch und ließ den Motor an.
«Ich schlage vor, daß wir schlafen gehen. Morgen wird es ein anstrengender Tag.»
«Das war es heute schon!» brummte Pek und legte den Arm um Emis Schultern.

Sie kuschelte sich an ihn und murmelte: «Ich werde meine Mutter fragen, ob sie einen elektrischen Fußwärmer braucht. Im Großhandel sind die Preise günstig!»

13

Tina liebte das Frühstück bei den Tanakas, wenn einer nach dem anderen gähnend aus dem Badezimmer schlurfte und noch halb verschlafen seinen Kaffee trank. Es dauerte immer eine Weile, bis sie richtig wach waren. Die Eltern saßen dabei (Herr Tanaka verließ erst am späten Morgen das Haus), lasen Zeitung und hörten vergnügt zu, wenn über Toast und Spiegeleier die Stimmung allmählich in Gang kam. An diesem Morgen jedoch sahen alle bedrückt aus. Keiner hatte ruhig geschlafen. Schon um sieben saßen alle am Frühstückstisch und starrten mit umflorten Augen auf ihre Kaffeetassen.
«Frau Sakura hat nichts von sich hören lassen», bemerkte Emi. «Das bedeutet, daß Aiko noch nicht wieder zu Hause ist.»
Frau Tanaka steckte mit bekümmertem Gesichtsausdruck, der bei ihr selten war, Brotschnitten in den Toaster. Sie meinte zögernd: «Ihr habt euch da auf eine heikle Geschichte eingelassen. Ich hoffe nur, daß ihr dem Mädchen keine Unannehmlichkeiten bereitet.»
Kazu versuchte sie zu beruhigen. «Im Gegenteil! Wir wollen ja nur verhindern, daß die Eltern Sakura ihr die Polizei auf den Hals schicken.»
«Komisch, daß ausgerechnet der Vater dir Masaos Adresse zugesteckt hat», sagte Emi. «Dabei sieht er doch wie eine Bulldogge aus!»
«Laß dich nicht täuschen», entgegnete Kazu. «Bulldoggen

können zarte Seelen haben. Ich habe das Gefühl, daß Aiko ihrem Vater vertraut.»

Frau Tanaka reichte ihm eine Toastschnitte. «Ihr versucht, Aiko wiederzufinden. Schön und gut. Aber was dann?»

Sie sahen sich an und zogen die Schultern hoch.

«Das ist eigentlich nicht unser Problem», meinte Emi.

«Ich fürchte», sagte Frau Tanaka, «es handelt sich wieder einmal um eine dieser traurigen Liebesgeschichten.»

Emi tat zwei Löffel Zucker in ihren Kaffee und rührte kräftig um. «Kann schon sein», nickte sie mißmutig. «Sobald es um Liebe geht, fangen bei uns in Japan die Probleme an.»

«Woanders auch», brummte Jean-Paul.

Emi warf ihm einen Seitenblick zu. Ihre Wangen waren leicht gerötet.

«Mag sein. Aber bei uns ist es besonders kompliziert. Entweder sind die Eltern dagegen, oder es klappt nicht mit dem Studium, oder ich weiß nicht was. Und schließlich landet man beim O Miei. Das ist zwar praktisch, aber wenig romantisch.»

«Ein O Miei? Was ist denn das?» fragte Pek interessiert.

Kazu grinste. «Eine typisch japanische Einrichtung! Eine Art Heiratsvermittlung, die allen, die zu schüchtern sind, sich selbst einen Partner zu angeln, zu standesgemäßer Ehe verhilft. Seit einigen Jahren arbeiten diese Institute mit Computern. Häufig sind es die Eltern, die den Sohn oder die Tochter beim O Miei anmelden. Wenn es schiefgeht, so heißt es, tragen sie die Verantwortung.»

«Mami, dir würde es sicherlich große Freude machen, für mich einen liebevollen Ehemann und für Kazu eine entzückende Braut aus dem Angebot herauszusuchen», meinte Emi sarkastisch.

«Er mag sie doch nur groß, blond, skandinavisch», sagte Pek. «Ob der Computer solche Sonderwünsche einprogrammiert hat?»

«Aber das Geschäft geht nicht mehr so gut wie früher», setzte Emi hinzu. «Die Jungen ziehen es heute vor, sich den Partner selber auszusuchen.»

Inzwischen war es acht Uhr geworden. Zeit zum Aufbruch. Als sie kurz danach mit Herrn Tanakas Wagen losfuhren, waren alle in unternehmungslustiger Stimmung und voller Zuversicht. Allerdings dauerte es mehr als eine Stunde, bis sie im Stoßverkehr das Stadtviertel Akihabara erreichten. Alle Geschäfte waren geöffnet. Während Kazu sich abmühte, einen Parkplatz zu erwischen, starrte Tina amüsiert auf die Unmengen von Kühlschränken, Waschmaschinen, Fernsehapparaten und Stereoanlagen in den Schaufenstern. Lampenschirme und Kronleuchter in allen Größen, Farben und Formen hingen von den Ladendecken herab. Ein unablässiger Menschenstrom zwängte sich zwischen Kühlschränken und Waschmaschinen hindurch. Werbesprüche, Popmusik, Autohupen und Motorenlärm erfüllten die Luft.

Endlich gelang es Kazu, den Nissan zwischen einen Lieferwagen und eine vierfache Reihe Fahrräder zu quetschen. Das Geschäft, dessen Adresse auf Sakuras Visitenkarte vermerkt war, befand sich gleich gegenüber. Es war ein geräumiger Laden, die Regale und Verkaufsstände voller Toaster, Heizkissen, Kaffeemaschinen und Lockenwickler-Sets. Dazwischen drängten sich die Leute, drückten einen Minitransistor an ihr Ohr, steckten die Nase in Dampfkochtöpfe und ließen Rasierapparate summen. Verkäuferinnen standen mit steifem Lächeln herum. Kazu fragte eine von ihnen, ob sie Masao Norito kenne. Die Verkäuferin führte sie nach hinten, in den

Packraum, wo einige alte Männer und junge Leute beschäftigt waren. Sie deutete auf einen Jungen im dunkelblauen Arbeitskittel.
«Das ist Norito-San.»
Der Junge verneigte sich überrascht, betrachtete die Besucher mit scheuer Zurückhaltung. Er war großgewachsen und überschlank, mit feinen Gesichtszügen und mandelförmigen, schwermütigen Augen.
«Entschuldigen Sie, daß wir Sie bei der Arbeit stören», sagte Kazu. «Können wir Sie einen Augenblick sprechen?»
Masaos Wimpern zuckten. «Darf ich fragen ... aus welchem Grund Sie zu mir kommen?»
«Es handelt sich um Fräulein Sakura.»
Der Junge erstarrte. Die Backenknochen traten aus seinem schmalen Gesicht hervor. Er stotterte: «Ich ... ich werde meinen Abteilungsleiter um einige Minuten Pause bitten.»
Er entfernte sich und kam kurz danach wieder zurück. Er hatte seinen Arbeitskittel ausgezogen und trug Jeans und einen grauen, ziemlich verknitterten Pulli.
«Ich habe eine halbe Stunde frei bekommen.»
«Gehen wir etwas trinken», schlug Kazu vor.
«Gleich nebenan ist ein Café», sagte Masao.
Er führte sie in der Nebenstraße in ein Café mit grünem Aquariumlicht und abgenutzten Plastiksesseln. Sie setzten sich schweigend. Masaos unruhige Blicke wanderten von einem zum anderen.
«Sind Sie ... Bekannte von Aiko-San? Sie hat mir nie etwas von Ihnen erzählt.»
«Können wir Englisch sprechen?» fragte Kazu. «Meine Freunde verstehen kein Japanisch.»
Masao lächelte verlegen. «Ich habe etwas Englisch in der

Schule gelernt, aber meine Kenntnisse sind sehr unzureichend.»

Seine Sprechweise war stockend, aber deutlich und korrekt. Tina lächelte ihm aufmunternd zu. Sie schwiegen, während das Servierfräulein Kaffee und Coca-Cola auf den Tisch stellte. Dann nahm Kazu das Gespräch wieder auf. Er ging sofort auf das Ziel los.

«Wir bitten Sie, uns zu Aiko-San zu führen. Es ist sehr wichtig, daß wir sie sprechen.»

Masao starrte ihn an.

«Ich verstehe nicht ... Aiko-San lebt nicht mit mir zusammen. Sie wohnt bei ihren Eltern.»

«Sie ist verschwunden», sagte Emi.

Masao befeuchtete seine Lippen. «Verschwunden? Seit wann?»

«Seit gestern mittag. Sie verließ morgens das Haus, um sich das Resultat ihrer Aufnahmeprüfung für die Keio-Universität abzuholen. Seitdem ist sie nicht nach Hause gekommen.»

Sie berichteten, wie sie Aiko kennengelernt hatten und warum sie nach ihr suchten.

«Wir wollen auf jeden Fall vermeiden, daß Aikos Eltern die Polizei benachrichtigen. Das würde Aiko nur in noch größere Schwierigkeiten bringen.»

«Woher wissen Sie meinen Namen?» stammelte Masao. Er war bleich. Schweißtropfen standen ihm auf der Stirn.

«Aikos Vater schrieb ihn auf seine Visitenkarte», erwiderte Kazu.

Masao verbarg seine zitternden Hände unter dem Tisch. «Ja ...», seufzte er. «Ihr Vater hat Verständnis für uns. Er weiß, was ich durchmache. Er stammt aus einfachen Verhältnissen, genau wie ich, und hat sich aus eigener Kraft hochgearbeitet...»

Seine Hand glitt über seine nasse Stirn. Er zog ein Taschentuch hervor, um sich das Gesicht zu trocknen. Mit gepreßter Stimme sprach er weiter.

«Aiko und ich kennen uns seit zwei Jahren. Wir lernten uns in dem Geschäft, wo ich jetzt arbeite, kennen. Meine Eltern haben nur einen kleinen Gemüseladen. Ich muß tagsüber schuften, um abends an einem technischen Fortbildungskursus teilnehmen zu können. Ich will Elektroingenieur werden, aber es wird noch fünf Jahre dauern bis ich mein Ziel erreicht habe. Aber Aikos Mutter stammt aus einer angesehenen Familie. Sie wird nie in unsere Heirat einwilligen.»

«Aikos Mutter ist eine Ziege», sagte Emi trocken.

Masao zerknüllte sein Taschentuch.

«Das ist aber noch nicht alles. Aiko hat gestern morgen erfahren, daß sie ihre Aufnahmeprüfung nicht bestanden hat. Sie muß das Examen wiederholen.»

Betretene Stille. Dann fing Emi an zu lachen.

«Jetzt ist Mutter Sakuras Altersversicherung endgültig geplatzt. Mein Gott, ich gönne es ihr.» Sie wurde ernst. «Mir tut nur leid, daß Aiko jetzt noch nicht Mathematik studieren kann.»

«Aber Aiko interessiert sich überhaupt nicht für Mathematik», rief Masao. «Ihre Mutter hat entschieden, daß sie dieses Fach studiert. Was blieb ihr anderes übrig? Sie selber wäre viel lieber Töpferin geworden. Hat sie mit Ihnen nicht darüber gesprochen?»

«Wir haben in diesen zwei Minuten mehr über Aiko erfahren, als in der gesamten Zeit, seitdem wir sie kennen», sagte Kazu.

Emi runzelte die Brauen. «Jetzt ist mir alles klar. Als Aiko erfuhr, daß sie die Prüfung nicht bestanden hat, wagte sie sich nicht mehr nach Hause. Wir müssen unbedingt herausfinden, wo sie sich aufhält!»

Masao führte die Kaffeetasse an seine Lippen und stellte sie, ohne daraus zu trinken, wieder hin.

«Als sie mich gestern morgen anrief, um mir die schlechte Nachricht mitzuteilen, war sie ganz durcheinander. Ich bat sie, sofort zu mir zu kommen, aber sie wollte nicht. ‹Ich muß allein damit fertig werden›, sagte sie. ‹Bitte, habe Verständnis dafür.› » Er stockte.

«Ich ... ich habe Angst um sie. Sie war so verzweifelt ... Sie könnte sich das Leben nehmen!»

«Aber doch nicht, weil sie beim Examen durchgefallen ist!» rief Pek.

Masao schüttelte traurig den Kopf. «Sie ahnen ja nicht, welchen Druck ihre Mutter auf sie ausübt. Ihr ganzes Leben dreht sich nur ums Lernen. Sie hat ihr verboten, mich zu sehen, ich bin nicht gut genug für ihre Tochter. Wir müssen uns heimlich treffen. Und sehen Sie ... das ist zermürbend!» Er spreizte hilflos die Finger. «Jetzt hat sie obendrein ihr Examen verpatzt. Klar kann sie es im nächsten Jahr noch einmal versuchen. Aber inzwischen fühlt sie sich als Versagerin.»

Kazu nickte düster. «Es sind fast immer die Eltern, die aus unbefriedigtem Ehrgeiz ihren Kindern zuviel abverlangen. Leistungszwang nennt man das! Machen Sie sich keine Sorgen», sagte er zu Masao. «Ich glaube nicht, daß sich Aiko das Leben nehmen will.» Er erzählte ihm die Geschichte von dem Honorar. «Mir scheint, daß Aiko damals schon ahnte, daß sie die Prüfung nicht bestanden hatte und daß sie das

Geld brauchte, um einen ganz bestimmten Plan zu verwirklichen.»
«Das ist wahr», stimmte Masao ihm zu. «Sie hatte vor dem Examen Angst. Trotzdem hoffte sie, es zu schaffen. Sie sagte: ‹Wenn ich zum Studium zugelassen werde, habe ich in einigen Jahren einen gut bezahlten Job. Dann bin ich nicht mehr von meinen Eltern abhängig.›» Er schluckte würgend. «Sie können sich ja nicht vorstellen, wie ihre Mutter sie tyrannisiert. Sie ist es, die ihre Bücher auswählt, ebenso die Theatervorstellungen, Filme und Konzerte, die sie besucht. Sie sagt ihr, in welche Cafés sie gehen kann und in welche nicht ... Ihre Mutter sucht ihr sogar Kleider aus. Sie wird in diesem Sommer zwanzig, aber sie ist noch immer angezogen wie ein kleines Mädchen.»
Tina lächelte ungläubig. Das ging wirklich zu weit! Doch Masao hatte seine Erregung überwunden und sprach mit leiser, aber fester Stimme weiter. Tina spürte, wie wohl es ihm tat, sich endlich einmal auszusprechen.
«Seit einigen Monaten habe ich ein Zimmer in Soshigaya gemietet, nicht weit von Aikos Haus entfernt. Wir sehen uns jeden Morgen an der U-Bahn-Station und fahren einen Teil der Strecke zusammen. Hie und da treffen wir uns mittags im Park oder in einem Café. Es bleibt uns eben genug Zeit, ein Sandwich zu essen, dann muß ich wieder an die Arbeit. Jedesmal zittert Aiko davor, daß uns jemand, der sie kennt, zusammen sieht und es ihrer Mutter erzählt.»
Emi ergriff das Wort. «Hat Aiko außer Ihnen noch Bekannte in Tokio, bei denen sie hätte untertauchen können?»
Masao überlegte eine Weile und schüttelte dann den Kopf. «Klar hat sie einige Freundinnen, aber ich glaube nicht, daß sie sich bei ihnen aussprechen kann.»

«Da fällt mir etwas ein!» rief Emi. «Als ich Mutter Sakura fragte, ob Aiko noch Verwandte hat, gab sie mir keine Antwort. Ich hatte das Gefühl, daß ihr die Frage unangenehm war.»

Masao lächelte bitter. «Allerdings! Ihre jüngere Schwester Hiromi hat sich vor Jahren von der Familie gelöst, um den Mann, den sie liebte, gegen den Willen ihrer Schwester zu heiraten.»

«Was hat die denn damit zu tun?» fragte Tina stirnrunzelnd.

«Ach, die Lage war ziemlich außergewöhnlich. Beide Eltern waren kurz nach Kriegsende gestorben. Aikos Mutter – ihr Mädchenname lautet Chimmoko – galt als Familienoberhaupt. Damals wurde von den jüngeren Geschwistern erwartet, daß sie den älteren gehorchten! Hiromi brach also mit der Familie Sakura. Doch ihr Mann starb früh, und ich glaube kaum, daß sie Kinder hat. Sie lebt in einem Dorf an der Südostküste, wo sie eine kleine Töpferwerkstatt besitzt.»

«Mutter Sakura hatte also schon damals die Neigung, sich in die Angelegenheiten anderer Leute zu mischen», brummte Emi.

Doch Kazu schaltete schnell. «Eine Töpferwerkstatt! Das ist interessant. Wissen Sie mehr darüber?»

«Hiromi-San ist eine bekannte Künstlerin. Ihre Keramiken sind berühmt.»

«Daher Aikos Neigung zum Kunsthandwerk!» rief Emi. «Jetzt wird mir vieles klar. Wie heißt dieser Ort?»

«Ihama. Es ist ein kleines Fischerdorf in der Provinz Ito.»

«Wissen Sie, ob Aiko-San Kontakt zu ihrer Tante hatte?» fragte Kazu.

Masao nickte. «Obwohl Hiromi-Sans Name niemals in ihrer Familie erwähnt wurde, kannte Aiko die Geschichte. Vor

einigen Wochen entschloß sie sich plötzlich, ihr zu schreiben. Als Absender gab sie meine Adresse an und bat ihre Tante, die Antwort dorthin zu senden. Hiromi-San schrieb sofort zurück. Der Brief ihrer Nichte muß ihr sehr viel bedeutet haben ... Plötzlich von der Familie zu hören, die sie vor dreißig Jahren verlassen hatte. Aiko hatte ihr erzählt, daß sie sich für das Kunsthandwerk interessiere. Ihre Tante ermutigte sie, sich in einer bekannten Töpferwerkstatt in Tokio ausbilden zu lassen. Die Adresse legte sie bei. Aiko hatte ihre Mutter mehrmals gebeten, das Töpferhandwerk als Hobby betreiben zu dürfen, aber diese hatte abgelehnt.»
«Das kann ich mir denken!» warf Emi ein. «Der Anblick von Vasen und Töpfen muß peinliche Erinnerungen in ihr wachrufen.»
Kazu, der schweigend vor sich hingegrübelt hatte, schnippte plötzlich mit den Fingern.
«Das haut hin! Aiko hat damit rechnen müssen, daß ihre Eltern die Polizei benachrichtigen würden. Es wäre nicht klug gewesen, in Tokio zu bleiben. Das Geld, das ich ihr gegeben hatte, reichte für die Reise nach Ihama.»
Masao starrte ihn mit aufgeregt glänzenden Augen an.
«Sie wollen sagen ...»
«... daß Aiko bei ihrer Tante ist, jawohl. Wissen Sie Hiromi-Sans Telefonnummer?»
Masao schüttelte den Kopf. Er schwieg völlig verwirrt.
«Kennen Sie ihre Adresse?»
Masao löste sich aus seiner Erstarrung. «Eine Adresse ist überflüssig. In dem kleinen Dorf kennt jeder Hiromi Sakura. Wenn ich nur Zeit hätte hinzufahren! Ich muß wissen, ob Aiko wirklich bei ihrer Tante ist. Aber mein Chef gibt mir nicht frei, und außerdem ...»

Er stockte und fügte mit rauher Stimme hinzu: «Ich ... ich weiß nicht einmal, ob Aiko mich sehen will. Sie hat mir nie etwas von ihren Plänen gesagt. Warum hat sie kein Vertrauen zu mir gehabt?»

«Sie wollte Sie nicht mit hineinziehen», sagte Kazu. Er sprach langsam und eindringlich. «Sie wußte, daß die Polizei früher oder später auf Ihren Namen stoßen würde. Sie hätten bestimmt alles versucht, um Aikos Geheimnis zu bewahren, aber es wäre Ihnen niemals gelungen, ein Verhör durchzustehen. Die Schereien, die Sie dabei erwartet hätten, brauche ich Ihnen nicht auszumalen. Im übrigen ...»

Er schaute die anderen an.

«Ich denke, wir sind uns einig. Wir werden nach Ihama fahren und mit Aiko sprechen.»

Emi lachte kurz auf.

«Ich wußte es! Wenn mein Bruder sich etwas in den Kopf gesetzt hat, dann halten ihn keine zehn Pferde!»

«Dich etwa?» spöttelte Kazu.

«Auf alle Fälle müssen wir Aiko wiederfinden», sagte Jean-Paul.

Tina und Pek nickten. Masao schaute sie der Reihe nach an und schwieg entgeistert.

«Nun?» fragte ihn Kazu. «Sind Sie einverstanden?»

Masao schluckte. «Warum ... warum setzen Sie sich so für uns ein?»

«Wir haben eben Mitgefühl für junge Damen, die in Bedrängnis geraten sind», sagte Jean-Paul treuherzig. Alle grinsten, weil sie genau wußten, daß bei ihm diese Bemerkung ernst zu nehmen war.

14

Masao war mit einem Blick auf seine Armbanduhr eilig aufgesprungen.
«Die halbe Stunde ist vorüber! Ich muß zurück in den Packraum, sonst bekomme ich Ärger mit meinem Chef!»
«Wir halten Sie auf dem laufenden», hatte Emi versprochen. «Wo sind Sie zu erreichen?»
«Ich bin nur abends zu Hause. Aber Sie können mich jederzeit im Geschäft anrufen.» Er gab ihnen schnell seine Visitenkarte. «Bitte geben Sie mir so bald wie möglich Bescheid!»
«Keine Sorge!»
Masao hatte sich verbeugt, hatte «vielen, vielen Dank» gestammelt und war aus dem Café gestürzt. Da saßen sie nun, vor den leeren Coca-Cola-Flaschen und dem Kaffee, der inzwischen kalt geworden war.
«Der Arme ist völlig durcheinander!» sagte Tina.
«Kein Wunder!» meinte Emi. «Der Junge ist Klasse, aber für Mutter Sakura als Schwiegersohn unannehmbar. Wenn Aiko darauf besteht, ihn zu heiraten, gibt es die Familientragödie der zweiten Generation.»
«Halten wir Kriegsrat», sagte Jean-Paul. «Zuerst müssen wir den Eltern Sakura mitteilen, daß wir auf eine Spur gestoßen sind: Einzelheiten dürfen wir ihnen natürlich nicht verraten.»
«Wir sollten Aikos Vater beruhigen», sagte Tina. «Der Ärmste hat ein weiches Herz und wird in der vergangenen Nacht kein Auge zugetan haben!»

«Schönes Programm!» meinte Pek. «Die Mutter besänftigen, den Vater trösten, die Tochter beraten. Dazu braucht es die Gewandtheit eines Diplomaten, die Geduld einer Krankenschwester und die Beredsamkeit eines Staatsanwaltes.»

«Redest du von meiner Schwester?» Mit breitem Grinsen wandte sich Kazu an Emi. «Rufe bei den Sakuras an und versuche, mit ihnen fertig zu werden. Es geht vor allem darum, Zeit zu gewinnen.»

«Ich soll mich wohl geschmeichelt fühlen», brummte Emi.

Die in Japan üblichen kleinen roten Telefonautomaten standen in einer Reihe vor dem Café. Sie sahen Emi ein Geldstück hineinwerfen und lange und mit Nachdruck reden. Als sie endlich zurückkam, schien sie ziemlich erschüttert.

«Nun?»

«Mühsam, sage ich euch! Papa Sakura war im Büro, so habe ich gleich mit seiner Frau sprechen können. Ich habe ihr gesagt, daß wir eine Ahnung hätten, wo Aiko zu finden sei, daß wir ihr aber keine falschen Hoffnungen machen wollten. Der Verdacht, Aiko könnte bei ihrer verstoßenen Schwester untergetaucht sein, kommt ihr anscheinend nicht in den Sinn. In Japan waren solche Trennungen früher hochdramatisch und endgültig. Es war, als ob diese Personen gestorben seien. Man bemühte sich, überhaupt nie mehr an sie zu denken. Es klingt vielleicht überspannt, aber aus der Sicht dieser Leute ist es noch schlimmer, sich bei einer verstoßenen Tante zu verstecken, als mit einem Jungen abzuhauen.»

«Harte Sitten!» murmelte Jean-Paul.

Emi schnappte aufgelöst nach Luft. «Anschließend habe ich bei uns zu Hause angerufen und Mutter gesagt, daß wir nach Ihama fahren.»

Kazu nickte beifällig. «Gute Idee! Und? Was hat sie dazu gemeint?»
«Das Übliche.» Emi lächelte. «Wir sollen nicht vergessen aufzutanken und die Geschwindigkeitsbegrenzungen einhalten.»
Sie verließen das Café und gingen zu ihrem Wagen zurück.
«Wie lange braucht man, um dieses Dorf zu erreichen?» fragte Pek.
«Etwa drei Stunden», antwortete Kazu. «Wir nehmen den Tomei Highway bis nach Atami. Danach geht es in die Berge, und die Straße wird eng.» Er betrachtete naserümpfend den Himmel, wo sich eine bläulichgraue Wolkenschicht ansammelte. «Hoffentlich hält sich das Wetter. In dieser Jahreszeit gibt es oft Stürme...»
Es dauerte noch eine gute Stunde, bis sie den Stadtverkehr hinter sich ließen. Emi saß am Steuer und trommelte nervös auf dem Schalthebel herum, während sie in einer dreifachen Wagenkolonne an der Autobahneinfahrt warteten. Endlich konnte die Reise losgehen. Emi setzte die Sonnenbrille auf und steuerte gelassen und sicher.
Heftiger Seitenwind drückte gegen den Nissan. Emi hatte Mühe, die Spur zu halten. Auf beiden Seiten der Autobahn zogen endlose Reihen Holzhäuser und Wohnblöcke vorbei. Wäsche trocknete an jedem Fenster. Endlich rückten die Häuser auseinander. Die Landschaft wurde hügelig und lieblich. Zwischen den noch kahlen Bäumen leuchteten die smaragdgrünen und türkisblauen Ziegeldächer der Bauernhöfe. Hier und da blühten die ersten Pflaumen- und Mandelbäume. Je weiter man sich von Tokio entfernte, um so mehr schimmerte die Landschaft in den glasklaren, pastellfarbenen Tönen, die Tina aus der klassischen japa-

nischen Malerei her kannte. Tief unten im Tal drehte die Autobahn aus entgegengesetzter Richtung eine weit ausholende Schleife. Wie Spielzeug glitten die Wagen darüber hinweg.
Allmählich veränderte sich die Landschaft. Pinien- und Tannenwälder schmiegten sich an die Berghänge. Am Horizont schimmerte ein tiefblauer, dunstiger Streifen.
«Der Stille Ozean», sagte Emi.
Bei der kleinen Stadt Atami verließen sie die Autobahn und fuhren in östlicher Richtung weiter. Kazu hatte Emi am Steuer abgelöst. Der Wind wurde immer heftiger. Obwohl die Sonne schien, fegten große dunkle Wolkenfetzen über den Himmel. Eine Zeitlang stieg die Straße in steilen Kurven die Bergflanke empor; dann sahen sie das Meer. Die unendliche Wasserfläche schien den ganzen Horizont auszufüllen. Weiße Gischt funkelte auf der tiefblauen Brandung. Schroff abfallende Klippen bildeten zahlreiche zerklüftete Buchten. Tina wurde es ganz feierlich zumute: Noch vor knapp einem Monat hätte sie nicht zu träumen gewagt, daß sie in Kürze an der Küste des Stillen Ozeans entlangfahren würde.
Die Straße überquerte eine Halbinsel. In der Ferne leuchtete im schräg einfallenden Sonnenlicht ein weißes Häusergewirr.
«Da ist Shimoda», sagte Emi, «die Stadt, in der die Amerikaner 1859 zum erstenmal an Land gingen, als Japan nach jahrhundertelanger Isolierung Ausländern seine Häfen öffnete.»
«Sogar das Datum hat sie behalten!» Kazu pfiff anerkennend zwischen den Zähnen. «Seit der Schulzeit habe ich das alles schon längst vergessen!»
Es dauerte eine Ewigkeit, bis sie in Shimoda die Ausfahrt

nach Ihama fanden. Vom Stadtzentrum aus schienen alle Straßen zum Hafen zu führen. Gewaltige Frachtschiffe, Riesentanker, Fähren und ein Durcheinander großer und kleiner Fischerboote mit der weißroten japanischen Flagge lagen am Kai. Kazu fuhr schimpfend im Hafengelände herum und fragte mehrmals die Leute nach dem Weg. Endlich fanden sie die Ausfahrt. Die schmale Straße folgte den tiefen Einschnitten der Steilküste. Der Strand bestand nicht aus Sand, sondern aus rundgeschliffenen Kieseln. Dazwischen lagen alte Holzplanken, verdorrter Seetang, Autoreifen und Plastikflaschen.

Es war kurz nach vier, als sie Ihama erreichten. Der Teil des Ortes lag hinter einem Schilfgürtel an einer Lagune. Die Asphaltstraße endete kurz vor dem Dorf auf einem kleinen Platz, wo die Autobusse von Shimoda hielten. Dort befanden sich eine kleine Imbißbude und ein Zeitungskiosk.

Auf der Landstraße fuhren sie ins Dorf hinein. Ein Gewirr eng aneinandergedrängter verwitterter Holzhäuser. Die Sonne beleuchtete die braunschwarzen Planken in einem stark kontrastierenden Spiel von Licht und Schatten. Der Wind zerrte an den Fernsehantennen auf den flachen Dächern. Im Zentrum einige Gemüse- und Lebensmittelgeschäfte, ein Kurzwarenladen, zwei oder drei Cafés, dann endete der Weg jäh am Strand. Das Meer war hier so nahe, daß es höher schien als das Land. Wie von einem unsichtbaren Hindernis aufgehalten, brachen sich die Wogen tosend an den Klippen.

«Verdammt unheimlich!» schrie Emi durch das Brausen der Wellen.

Der Sturm drückte gegen die Wagentür. Kazu stemmte sich mit aller Kraft dagegen, um sie zu öffnen.

«Ich werde mich nach der Töpferwerkstatt erkundigen . . .»

Pek schraubte aufgeregt das Teleobjektiv auf seine Nikon.
«Augenblick! Laß mir Zeit, ein paar Bilder zu schießen!»
Während Pek mit fliegenden Haaren der Brandung entgegenstapfte, ging Kazu zu einem älteren Mann in schwarzer Windjacke und Gummistiefeln, der sie von der Schwelle seines Hauses aus beobachtete. Nach einigen Minuten kam er wieder zurück. Er strich sich atemlos die wirren Haare aus dem Gesicht und drehte den Zündschlüssel.
«So! Ich weiß, wo wir hin müssen. Wo bleibt denn Pek?»
Sie sahen ihn den Kieselstrand hinaufstolpern. Tina öffnete die Wagentür, und Pek ließ sich in seinen Sitz fallen.
«Phantastische Brandung! Der Strand ist viel länger, als man von hier aus sehen kann. Auf der anderen Dorfseite fallen die Klippen steil ins Meer!»
Kazu wendete das Auto und fuhr einen Teil des Weges zurück. Die neugierigen Gesichter einiger Kinder waren an den Fenstern erschienen, und ein paar Leute sahen sich nach ihnen um. Die Dorfbewohner waren von kräftigem, gedrungenem Wuchs. Ihre von Wind und Sonne gegerbte Haut war dunkler als die der Stadtbewohner.
Emi kicherte. «Hier kommen nur wenig Touristen her. So viele ‹Gaijin› auf einmal sieht man vermutlich selten in diesem Nest!»
«Gaijin? Was ist denn das?» fragte Pek.
«Ausländer. Du bist wahrscheinlich der erste Italiener, der sich in diese abgelegene Gegend verirrt hat!»
Ein schmaler, holpriger Pfad führte auf eine steile Felswand zu, die den scharfen Wind abhielt. Die Brandung war hier kaum noch zu hören. Die Sonne beleuchtete einige Holzhäuser am Fuße des Felsens. Fast jedes von ihnen hatte einen kleinen, von einem Bambuszaun umgebenen Garten mit

Obstbäumen, Blumen und Gemüse. Die Mandelsträucher blühten. Im gelben Abendlicht bewegten sich die Zweige wie rosa Flaum. Gegenüber den Häusern verbarg ein verwittertes, mit grünen Ziegeln bedecktes Gemäuer den Garten eines Tempels. Vom Tempel selbst war nur das elegant geschwungene Holzdach mit der spiralförmigen Bronzespitze zu sehen. Unter der Dachrinne hingen an den Ecken kleine Glocken aus Bronze. Kazu parkte den Wagen gegenüber dem massiven Holzportal, das zum Eingang führte. Während sie ausstiegen, kam ein kahlköpfiger Mönch auf einem Fahrrad den Pfad herauf. Er trug einen dunkelblauen Kimono, dessen Saum hochgeschürzt war, um ihn beim Treten nicht zu behindern. Er erwiderte mit freundlichem Lächeln ihren Gruß, stieg vom Fahrrad und schob es durch das Portal. Fröstelnd und unschlüssig standen sie im rötlichgelben Sonnenlicht. Kazu verzog das Gesicht.
«Jetzt wird es heikel! Was wir vorhaben, ist nicht unbedingt taktvoll.»
«Stell dich nicht so an!» fiel Emi ihm ins Wort. «Schließlich hast *du* uns in diese Sache hineingezogen. Warum mußtest du auch dieses Mädchen in der U-Bahn ansprechen?»
«Die Seele eines Fotografen wird für meine Schwester ewig ein Buch mit sieben Siegeln sein!» seufzte Kazu.
«Wo ist die Töpferei?» fragte Tina.
Kazu deutete auf ein Haus, das etwas abseits stand. Im Erdgeschoß waren in einer Art Schaufenster Keramikgegenstände ausgestellt. Sie näherten sich dem Haus, das im Gegensatz zu den anderen keinen Vorgarten besaß. Das Schaufenster war nach vorne offen; man konnte hineingreifen, die Sachen herausnehmen und betrachten. Es standen dort einfache, formschöne Vasen, grün glasierte Teebecher und eini-

ge andere Gefäße, die Tina fremd waren. Aber selbst ein Laie mußte erkennen, daß es Kunstwerke waren, einfach, doch von vollendeter Schönheit.
Pek pfiff bewundernd.
«Mama mia! Die Frau ist ein Genie! Die könnte sich in Europa einen Namen machen und ein Vermögen verdienen!»
«Es gibt eben Leute, die ihren Frieden dem ganzen Ausstellungsrummel vorziehen», meinte Jean-Paul.
Pek schaute ihn beleidigt an. «War das etwa auf mich gemünzt?»
«Nein, wieso?» Jean-Paul lächelte unschuldig.
Tina warf ihm einen erstaunten Blick zu. Es war sonst nicht seine Art, Leute zu sticheln.
Währenddessen hatte Kazu auf den Klingelknopf gedrückt. Leise Schritte, die Tür ging auf. Die Frau, die vor ihnen stand, war sehr klein und sehr zierlich, aber wie bei ihrer ersten Begegnung mit Aiko fielen Tina sofort ihre kräftigen, gelenkigen Hände auf. Ihr ebenmäßiges Gesicht sah jung aus, und ihr kastanienbraunes Haar war im Nacken zu einem dichten Knoten geschlungen. Tina spürte, wie ein Paar lebhafte Augen sie forschend betrachteten. Kazu und Emi verneigten sich höflich; die anderen machten es ihnen nach.
«Dürfen wir Sie einen Augenblick stören, Hiromi-San?» stotterte Emi. «Es handelt sich um ... hm ... eine persönliche Angelegenheit.»
Die feinen Augenlider zuckten. Trotzdem verbeugte sich Hiromi-San lächelnd und forderte sie mit einer Handbewegung auf, ins Haus zu treten.
«Dozo», sagte sie freundlich. «Bitte.»
Sie führte sie in den kleinen Laden hinter dem Schaufenster.

Der Raum war zugleich als Empfangszimmer eingerichtet. Es standen dort ein niedriger Tisch, ein Sofa und zwei Sessel. Hinter einem Wandschirm aus weißem Reispapier waren die frischgeformten Tongefäße auf Brettern zum Trocknen aufgestellt.
«Bitte, nehmen Sie Platz», sagte Hiromi-San. Sie selbst setzte sich ihnen gegenüber. Sie hielt sich sehr gerade. Ihre Finger ruhten anmutig auf den Knien. Stille. Kazu und Emi wechselten einen Blick. Kazu räusperte sich und begann, einen nach dem anderen vorzustellen. Hiromi-San neigte den Kopf mit zuvorkommendem Lächeln.
«Ich denke, daß Ihre Freunde kein Japanisch verstehen. Meine Englischkenntnisse sind leider sehr mangelhaft. Mir fehlt es an Gelegenheit, mich mit Ausländern zu unterhalten.»
«Sie sprechen es aber ganz vorzüglich», sagte Jean-Paul mit seiner warmen, gewinnenden Stimme.
Sie winkte bescheiden ab: «Nein, nein! Sagen Sie das nicht...», aber ihre Augen leuchteten erfreut.
Tina verbiß sich ein Lächeln. Jean-Paul hatte es schon immer verstanden, weibliche Wesen um den Finger zu wickeln.
Wieder herrschte Schweigen. Kazu betrachtete seine Hände. Emi nagte verlegen an ihrer Unterlippe. Die anderen warteten. Plötzlich nahm Emi ihren Mut zusammen und sprudelte los.
«Wir bitten Sie, unsere Aufdringlichkeit zu entschuldigen. Wir sind auf der Suche nach Aiko Sakura.»
Hiromi-Sans Gesicht blieb unbeweglich, doch um Mund und Augen wurden kleine Falten sichtbar. Sie schwieg. Emi errötete bis über beide Ohren.
«Aiko-San ist seit gestern morgen verschwunden, und wir dachten...»

Sie gewann ihre Selbstsicherheit wieder und berichtete kurz, wie sie Aiko kennengelernt hatten und wie sie dazu kamen, sich in Privatangelegenheiten zu mischen, die sie im Grunde nichts angingen.

«Ich verstehe», sagte Hiromi-San. «Nur wüßte ich gerne, was denn der eigentliche Zweck Ihres Besuches ist.»

Emi warf ihrem Bruder einen hilfesuchenden Blick zu. Kazu nahm an ihrer Stelle das Gespräch wieder auf. Tina spürte, wie er sorgfältig jedes Wort überlegte.

«Wir sind in einer peinlichen Lage. Die Haltung von Aikos Mutter, die uns mit einem Polizeiverhör droht, zwingt uns zu beweisen, daß wir mit dem Verschwinden ihrer Tochter nichts zu tun haben. Herr Sakura gab uns zu verstehen, daß er auf Aikos Seite ist und hofft, wir würden ihr helfen. Er gab uns die Adresse eines Jungen, dessen Angaben uns bis hierher führten.

Wir wissen, daß Aiko ihr Examen nicht bestanden hat und daß es zwischen ihr und ihrer Mutter Meinungsverschiedenheiten gibt. Wir wissen ebenfalls ... hm ... (er wurde genauso rot wie Emi) in welcher Beziehung Sie zu Aikos Familie stehen.»

Hiromi-San blieb stumm. Kazu fuhr sich nervös mit den Fingern durch die Haare.

«Wir ... wir möchten Aiko helfen. Vielleicht gelingt es uns, zwischen ihr und ihrer Mutter zu vermitteln. Vorausgesetzt natürlich ... hm ... daß Sie uns ... hm ... gestatten ...» Er verlor ebenfalls den Faden.

Hiromi-San hob die flaumigen Brauen. «Vermitteln ...» sagte sie. «Alle fünf?»

Obwohl ihr Gesicht undurchdringlich war, schien sich etwas in ihrem Ausdruck, in ihrer Stimme zu verändern. Ein Bann

war gebrochen. Sie spürten es so deutlich, daß sie alle gleichzeitig erleichtert aufseufzten.
Gott sei Dank! dachte Tina. Sie hat Sinn für Humor!
Kazus Augen blickten Hiromi-San fest an. Er fragte (aber es war mehr eine Feststellung): «Aiko ist bei Ihnen, nicht wahr?»
Sie erhob sich und erwiderte gelassen: «Kommen Sie.»

15

Die Töpferwerkstatt befand sich auf der Rückseite des Hauses. Aiko hatte sie nicht kommen hören. Als Hiromi-San die Tür zur Werkstatt öffnete, sahen sie das Mädchen mit untergeschlagenen Beinen auf einem Brett sitzen. Sie trug Jeans und einen weiten erdbeerfarbenen Pulli. Im Licht einer verstaubten elektrischen Birne, die von der Decke hing, war sie damit beschäftigt, mit einem Pinsel eine braunrote Tonschale zu glasieren. Eine Dose mit dickflüssigem Lack, Pinsel in allen Größen und ein schmutziges Handtuch lagen um sie herum. Frisch geformte Vasen und Becher trockneten auf Wandbrettern. Ein Brennofen, dessen Rohr durch eine Öffnung aus dem Dach ragte, verbreitete eine starke, trockene Hitze.

«Aiko-Chan», sagte Hiromi-San und gab ihr den Kindern vorbehaltenen Kosenamen. «Deine Freunde möchten dich sprechen.»

Aiko fuhr herum. Die Schale entglitt ihren Fingern; es gelang ihr, sie aufzufangen und behutsam auf das Brett zu stellen. Sie legte den Pinsel auf den Dosenrand, ergriff das Handtuch, trocknete sich die Hände und stand langsam auf. Trotz ihrer scheinbaren Gleichgültigkeit war ihre Erregung deutlich zu spüren. Ihr Blick glitt über ihre Köpfe hinweg zur Tür, zum Fenster. Wie bei einem Tier in der Falle, dachte Tina.

«Wie . . . wie haben Sie mich gefunden?» fragte Aiko. Ihre Stimme klang rauh.

«Ihr Vater hat uns die Adresse von Masao Norito gegeben»,

sagte Emi. «Mit dem haben wir gesprochen, und er hat uns von Hiromi-San erzählt.»
Aiko stieg über das Holzbrett und kam langsam näher. Ihr Ausdruck war nicht mehr verstört, sondern feindselig.
«Was wollen Sie? Hat Sie mein Vater geschickt?»
«So ungefähr», sagte Emi. «Wir wollen Ihnen helfen.»
«Mir helfen?» Aikos schwarze Augen blinzelten herausfordernd. «Ich brauche keine Hilfe!»
Sie war völlig anders als das ausdruckslose, demütige Mädchen, das Tina in Erinnerung hatte. In Hosen und Pullover wirkte sie groß und stämmig. Ihr Gesicht zeigte offen den trotzigen, willensstarken Zug, den Kazu auf den Fotos herausgebracht hatte.
«Gehen wir in meine Wohnung», schlug Hiromi-San vor. «Ich werde einen Kaffee machen.»
Sie verließen die Werkstatt. Hiromi-San öffnete eine Schiebetür. Sie zogen ihre Schuhe aus und folgten ihr in einen großen Raum, dessen schräge Holzdecke von schweren Balken gestützt wurde. Tinas Augen glitten über einen Wandschrank, ein Sofa und einen Lampenschirm aus bunt bedrucktem Stoff. Unter dem flachen Tisch aus glänzend lackiertem Holz befand sich der «Kotatzu», der Fußwärmer. Ein blühender Ginsterzweig steckte in einer mächtigen, grünglasierten Vase. In einer Ecke stand eine altmodische Fernsehtruhe mit einem Häkeldeckchen darauf. Wäsche trocknete vor dem Fenster. Man konnte einen Teil des Gartens und, im Hintergrund, die dunkelrote Felswand sehen. Hiromi-San schaltete den elektrischen Fußwärmer an und bat sie, Platz zu nehmen. Sie ging aus dem Zimmer, und man hörte sie hinter der Schiebetür leise sprechen.
Schweigend setzten sie sich um den Tisch. Aiko war stehen

geblieben. Argwöhnisch betrachtete sie Pek und Jean-Paul, die sie noch nicht kannte. Kazu stellte die Freunde vor. Beide lächelten, doch Aikos Gesicht blieb feindselig.
«Ich will Ihnen erklären, warum wir gekommen sind ...», brach Kazu das Schweigen. Aiko setzte sich auf ihre Fersen und hörte stumm zu. Die Schiebetür glitt auf, und Hiromi-San erschien mit einer Dose Nescafé und einem Krug heißem Wasser. Ein etwa fünfzehnjähriges Mädchen in roten Kordsamtjeans folgte ihr mit einem Teetablett, das sie verlegen kichernd auf den Tisch stellte. Aiko ließ Kazu reden, ohne eine Miene zu verziehen und ohne ihn ein einziges Mal zu unterbrechen. Jedoch schien es Tina, als ob sich ihr Gesicht entspannte. Als Kazu schwieg, sagte Aiko eine ganze Weile nichts. Man hörte nur das Klirren der Tassen, die das Mädchen verteilte, und das leise Scheuern der Kordsamthosen, auf dem Binsengeflecht.
Unvermittelt begann Aiko: «Ich werde nicht mehr nach Hause zurückkehren. Die Verbindung mit Hiromi-San macht den Bruch mit meiner Familie endgültig. Es wird ein schwerer Schlag für meine Mutter sein. Mein Vater wird mich verstehen.» Sie knetete nervös ihre Finger, aber ihre Stimme klang trotzig und selbstsicher. «Ich schäme mich, die Prüfung nicht bestanden zu haben, aber ich habe nicht die geringste Lust, sie zu wiederholen.»
Emi holte tief Luft.
«Darf ich offen sagen, was ich denke? Ihre Flucht war eine schlechte Taktik, Aiko-San! Sie hätten nach Hause gehen und Ihren Eltern sagen sollen: Es tut mir leid, ich bin durchgefallen. Und im übrigen will ich nicht Mathematik studieren, sondern das Töpferhandwerk erlernen. Ihre Mutter hätte sich damit abfinden müssen.»

Aiko drückte ihre Hände so fest zusammen, daß sich die Knöchel weiß auf der bräunlichen Haut abzeichneten.
In die Stille hinein ertönte gelassen Hiromi-Sans Stimme.
«Sie hat recht.»
Aiko streifte Hiromi-San mit einem raschen, vorwurfsvollen Blick.
Doch Hiromi-San fuhr gelassen fort: «Auch ich habe einmal kopflos gehandelt. Bevor sie starben, hatten meine Eltern einen Bräutigam für mich ausgewählt. Aber ich liebte einen anderen und bin mit ihm davongelaufen. Für die damalige Zeit war das ein schweres Vergehen. Meine ältere Schwester dachte an die Ehre der Familie und verbot mir, die Schwelle unseres Hauses je wieder zu betreten. Einige Jahre später erkrankte mein Mann und starb. Nun war ich allein. Nach Hause zurück konnte ich nicht. Chimmokos verletztes Ehrgefühl und mein Eigensinn machten eine Versöhnung unmöglich. Eine Aussprache hätte die Sache vielleicht geklärt. Doch jetzt ist es zu spät...»
Ein Schweigen folgte. Die Abendsonne tauchte die Felswand in purpurrotes Licht. Im Zimmer war es fast dunkel. Auf ein Zeichen von Hiromi-San stand Tome, das Mädchen in den Kordsamthosen, auf, um die Lampe anzuzünden.
Endlich sagte Aiko tonlos: «Was hätte ich tun können? Ich war ganz allein...»
«Und Masao?» fragte Emi.
«Ich wollte ihn nicht in diese Geschichte hineinziehen. Ich fürchtete, meine Mutter könnte ihm Schwierigkeiten machen...»
Im Nebenraum läutete das Telefon. Hiromi-San erhob sich mit einer geschmeidigen Hüftdrehung und verließ das Zimmer. Kazu stellte seine Tasse auf den Tisch.

«Aiko-San, darf ich Ihnen einen Rat geben? Ihre Mutter hat vielleicht mehr Einsicht, als Sie denken...»
Aiko schnitt ihm mit heftigem Kopfschütteln das Wort ab. «Ich will mit ihr nichts mehr zu tun haben!»
«Das müssen Sie selber wissen», erwiderte Kazu nüchtern. «Sie sind achtzehn Jahre alt und volljährig. Klar haben Sie das Recht, Ihr eigenes Leben zu leben, wie es Ihnen paßt. Aber vorher sollten Sie Frieden mit Ihrer Mutter schließen!»
Aiko schaute auf ihre Hände. Ein tiefer Seufzer hob ihre Brust. «Ich will hier bleiben. Meine Tante wird mir das Töpferhandwerk beibringen. Sie beliefert Geschäfte in Tokio, Kioto und Osaka. Ihre Keramik verkauft sich gut. Ich werde meinen Lebensunterhalt damit verdienen können. Was Masao betrifft...» Sie zögerte. «Ich... muß mit ihm sprechen. Vielleicht kann ich ihn überreden, in Shimoda weiterzustudieren. In Tokio gefällt es ihm schon lange nicht mehr.»
«O.k.», sagte Kazu gelassen. «Dann schreiben Sie jetzt einen Brief, und teilen Sie Ihren Eltern Ihre Pläne mit. Wir fahren heute abend nach Tokio zurück und bringen Ihrer Mutter diesen Brief. Mit etwas diplomatischem Geschick werden wir... hm...» (er grinste) «... als Blitzableiter wirken.»
Aiko schwieg eine Weile. Plötzlich entspannte ein Lächeln ihr Gesicht. Ihre Züge wurden weich, ihre Augen leuchteten. «Ich danke Ihnen. Sie sind wie Freunde zu mir», sagte sie mit einer Verbeugung. Tina bemerkte zum erstenmal, wie anmutig diese Bewegung bei ihr wirkte.
«Ist doch selbstverständlich», brummte Jean-Paul verlegen, und Pek lächelte träumerisch, was bei ihm bedeutete, daß er etwas ganz Bestimmtes im Sinn hatte. Tina und Emi wech-

selten einen vielsagenden Blick. Beide dachten dasselbe: Gleich fragt er Aiko, ob er sie fotografieren darf!
«Der Anfang ist gemacht», sagte Emi auf französisch zu Tina, «aber das Schlimmste steht uns noch bevor. Die Frau Mama kriegt Zustände, sobald sie den Brief gelesen hat!»
Sie hörten, wie Hiromi-San im Nebenraum den Hörer auflegte. Die Schiebetür glitt auf. Hiromi-San erschien auf der Schwelle und blickte zu Aiko hinüber. Sie war etwas blaß geworden, aber ihre Stimme klang unverändert ruhig.
«Dein Vater hat gerade angerufen. Zum erstenmal seit fünfundzwanzig Jahren. Meine Schwester ist auf dem Weg nach Ihama. Sie wird in einer Stunde hier sein.»

16

Aiko hatte sich nicht gerührt. Nur ihre Augen schienen plötzlich dunkel und mattglänzend wie schwarze Steine. Hiromi-San kniete mit einem Seufzer auf die Binsenmatte nieder.

«Es war zuviel für deinen Vater. Er war in schrecklicher Sorge und hat deiner Mutter erzählt, was er wußte. Sobald diese Bescheid wußte, hat sie den Schnellzug nach Shimoda genommen. Von dort fährt sie mit dem Bus nach Ihama. Sie will dich zurückholen.»

Einen Augenblick herrschte betroffene Stille. Nur Aikos Kaffeetasse klirrte leise.

Kazu seufzte und sagte auf französisch: «Jetzt verlangt die elementarste japanische Höflichkeit, daß wir aufbrechen, damit diese Leute ihre schmutzige Wäsche nicht vor Fremden waschen müssen.»

«Was fällt dir ein?» Jean-Paul war empört. «Wir können Aiko doch nicht sitzenlassen!»

«Ich habe nur angedeutet, was wir tun *sollten*», gab Kazu zurück, und Emi fügte mit einer Grimasse hinzu: «Auf Taktgefühl kommt es jetzt sowieso nicht mehr an. Wahrscheinlich kann nur noch eine Handvoll Zuschauer Mutter Sakura daran hindern, ihrer Tochter die Ohren lang zu ziehen!»

Mit sonderbar abwesender Miene war Aiko aufgestanden. Sie sagte tonlos: «Entschuldigen Sie mich bitte . . . ich fühle mich nicht wohl. Ich möchte mich etwas hinlegen . . .»

Sie kehrte ihnen den Rücken zu und ging mit steifen Knien

aus dem Zimmer. Man hörte, wie sich ihre leisen Schritte hinter der Schiebetür entfernten.

Hiromi-San wandte sich an Jean-Paul. «Hätten Sie zufällig eine Zigarette bei sich?»

«Entschuldigen Sie . . .» stammelte er. «Ich bin Nichtraucher!»

Sie lächelte schwach. «Ich bin es auch geworden. Aber jetzt hätte ich gerne wieder eine geraucht!» Sie fuhr sich mit müder Geste über die Augen. «Meine Schwester wiederzusehen . . . mich an Dinge zu erinnern, die ich längst vergessen habe . . . das ist ein ziemlicher Schock für mich. Ich weiß nicht, ob Sie mich verstehen können . . .»

Sie nickten stumm, mit dem Gefühl, daß sich diese Leute das Leben unnötig schwer machten. Aber Tina erinnerte sich an Herrn Tanakas Worte: «Die Jugend von heute weiß kaum noch etwas von dem Zwang, der früheren Generationen auferlegt wurde», und sie überlegte: «Mein Gott, bei uns in Europa war das eigentlich nicht viel anders.» Die zarte, liebenswerte Frau tat ihr schrecklich leid. Aber was sie durchmachte, war ihre Sache. Hier durfte sich keiner anmaßen, ihr einen Rat zu geben. Welchen auch? Doch eine Frage brannte ihr auf der Zunge: «Werden Sie sich jetzt versöhnen?»

Hiromi-San nahm ihr die dreiste Bemerkung nicht übel. «Ich glaube kaum», erwiderte sie ruhig. «Meine Schwester bleibt den alten Grundsätzen treu. Sie kommt nur, um ihre Tochter zu holen. Das ist alles.»

Sie richtete einige japanische Worte an Tome. Das Mädchen erhob sich und verließ den Raum. Mit einer zerstreuten Handbewegung strich sich Hiromi-San eine Haarsträhne zurück.

«Ich habe Tome beauftragt, bei Aiko zu bleiben. Es ist nicht gut, sie jetzt allein zu lassen.»
Emi senkte die Augen. Sie sagte unsicher: «Wenn Sie es wünschen ... werden wir ... hm ... uns verabschieden.»
«Nein!» Hiromi-San schüttelte lebhaft den Kopf. «Im Gegenteil, ich bitte Sie zu bleiben. Allein wird Aiko nicht den Mut haben, sich durchzusetzen, und meine Unterstützung zählt nicht.»
Ein Geräusch hastiger Schritte. Die Schiebetür wurde aufgerissen. Atemlos stieß Tome einen Wortschwall hervor. Hiromi-San fuhr zusammen und erhob sich mit einer behenden Bewegung, die kaum zu ihrem Alter paßte.
«Aiko ist nicht mehr in ihrem Zimmer.»
Die fünf tauschten einen fassungslosen Blick, während die Hiromi-San hinauslief. Sie hörten Hiromi-San im ganzen Haus nach Aiko rufen. Einen Augenblick später war sie wieder zurück. Sie keuchte vor Anstrengung und Erregung.
«Aiko ist ... verschwunden!»
«Schon wieder!» platzte Emi heraus.
Kazu sprang auf. «Jetzt mache ich mir wirklich Sorgen um sie!»
«Sie kann nicht weit sein!» warf Jean-Paul dazwischen. «Wir müssen sie zurückholen!»
Hiromi-San schaute auf die Wanduhr. «Der Bus nach Shimoda fährt in sechs Minuten.»
Kazu drückte seiner Schwester den Autoschlüssel in die Hand.
«Emi, du nimmst den Wagen und fährst mit Tina und Jean-Paul ins Dorf. Pek und ich bleiben hier, um die Mutter zu empfangen, falls sie inzwischen auftauchen sollte.»
Pek grinste ohne Überzeugung.

«Ich werde ihr ‹O sole mio› vorsingen, das beruhigt sie vielleicht...»

Draußen war es stockdunkel. Keine Straßenbeleuchtung weit und breit. Man vernahm das Pfeifen des Windes, das ferne Tosen der Brandung hinter der Felswand.
«Idiotisch!» schimpfte Emi. «Warum muß dieses Mädchen immer gleich die Nerven verlieren!»
In der Finsternis stolperten sie den Pfad hinauf zum Auto. Emi tastete nach dem Türschloß. Endlich sprang die Tür auf. Emi setzte sich ans Steuer, Tina und Jean-Paul zwängten sich auf den Nebensitz. Das gelbe Licht der Scheinwerfer glitt über das Holzportal, über die Steine der Tempelmauer, über Bäume und Gebüsch. Das Auto holperte über Schlaglöcher und Geröll. Emi verpaßte die Dorfeinfahrt, raste in voller Geschwindigkeit auf einen Schuppen zu. Sie hielt mit kreischenden Bremsen, riß das Steuer herum und fuhr mit aufheulendem Motor wieder zurück.
Im Dorf waren die Geschäfte noch offen. Der Sturm zerrte an den blauen Vorhängen über den Schiebetüren der Gaststuben. Vereinzelte Fußgänger stemmten sich gegen den Wind. Ein Radfahrer fuhr mit gesenktem Kopf vorbei.
Als sie den Platz am Dorfausgang erreichten, war der Bus gerade abgefahren. Sie sahen die roten Rücklichter hinter der Biegung der Küstenstraße verschwinden. Emi stieß einen unschönen japanischen Fluch aus und bremste.
«Was nun?»
«Wir fahren dem Bus nach!» schlug Tina vor.
«Moment mal!» rief Jean-Paul. «Wir müssen zuerst wissen, ob Aiko überhaupt drinsitzt!»
Emi nickte. «Du hast recht.»

Aus dem Zeitungskiosk, wo die Busfahrscheine verkauft wurden, fiel ein schwacher Lichtschein auf den Vorplatz. Emi sprang aus dem Wagen. Die Frau, die den Kiosk bediente, hob verblüfft den Kopf. «Ein Mädchen im roten Pullover? Sie war eben noch hier. Sie hatte den Bus verpaßt. Haben Sie sie nicht gesehen?»

Emi spähte mit zusammengekniffenen Augen in die Dunkelheit: Von Aiko keine Spur. «Wann kommt der nächste Bus aus Shimoda?» fragte sie.

«In zwanzig Minuten.»

Emi rannte zum Auto zurück.

«Aiko war eben noch hier! Der Bus ist ihr vor der Nase weggefahren!» Sie überlegte mit gerunzelten Brauen. «Der nächste Bus kommt in zwanzig Minuten, und ich wette, daß Frau Sakura drinsitzt. Aiko legt bestimmt keinen Wert darauf, ihr zu begegnen. An ihrer Stelle würde ich jetzt in einem Café warten und erst zur Haltestelle gehen, wenn alle ausgestiegen sind.»

«Wir suchen sie am besten zu Fuß», meinte Tina. «Das erregt weniger Aufsehen.»

Emi parkte den Wagen etwas abseits vom Kiosk. (Mutter Sakura brauchte ja nicht sofort zu wissen, daß sie hier waren!) Dann kämpften sie sich durch den Sturm die Hauptstraße hinauf. Der Wind wehte so heftig, daß es ihnen beinahe den Atem nahm.

Die Cafés mit ihren aufgereihten Tischen und Bänken waren fast leer. In dem einen saßen ein paar alte Fischer herum, in dem anderen belagerte eine Gruppe Schüler jede Sitzgelegenheit.

«Vielleicht versteckt sie sich in der Toilette?» meinte Tina ratlos.

Emi ging nachsehen. Eine Minute später war sie wieder da und schüttelte verneinend den Kopf. «Am besten, wir fragen den Besitzer.» Vergeblich.

Nun wandte sich Emi an einige Leute auf der Straße. Sie fragte eine alte Dame im Kimono, einen Fischhändler in langer, weißer Schürze. Niemand hatte Aiko gesehen. Schließlich flüchteten sie sich mutlos in den Windschatten einer Imbißstube.

«Es ist nicht zu fassen!» schimpfte Emi. «Seit drei Tagen laufen wir hinter diesem Mädchen her!»

Jean-Paul vergrub fröstelnd die Hände in den Jeanstaschen.

«Es ist zwar ein sehr unsympathischer Vorschlag, aber ... wäre es nicht besser, die Polizei zu verständigen? Wer weiß, was sie in ihrer Panik anstellt ...»

«Warte!» unterbrach ihn Emi aufgeregt. «Vielleicht weiß er etwas!»

Sie deutete auf den Mönch, den sie vor dem Tempelportal getroffen hatten und der nun mit hochgeschürztem Kimono die Hauptstraße herunterkam. Er schob mit Mühe sein Fahrrad gegen den Sturm. Emi lief ihm entgegen, verbeugte sich und bediente sich der respektvollen Anrede, die jedem Mönch gebührt.

«Obo-San, verzeihen Sie, daß ich Sie anspreche. Wir suchen die Nichte von Hiromi-San, die vor zwei Tagen aus Tokio gekommen ist. Sie trägt Blue Jeans, einen roten Pullover ...»

Der Mönch unterbrach sie.

«Ich kenne Aiko-San: Ihre Tante hat sie mir vorgestellt. Ich sah sie soeben den Weg zum Strand einschlagen. Es ist sehr gefährlich, sich in der Dunkelheit in die Klippen zu wagen. Ich habe ihr nachgerufen, aber sie hat mich wohl nicht ge-

hört.» Die anderen waren hinzugetreten. Der Mönch musterte sie beunruhigt.
«Ist etwas passiert?»
«Wir hoffen es nicht», erwiderte Emi. «Vielen Dank, Obo-San! Wir wollen versuchen, Aiko-San einzuholen.»
Sie hasteten den Weg hinunter. Der Sturm war noch heftiger geworden.
«Am Strand ist es stockdunkel!» keuchte Tina. «Wir werden uns Hals und Beine brechen!»
«Stopp!» rief Emi. «Ich habe eine Idee!»
Sie ließ die anderen mitten auf der Straße stehen und verschwand im nächsten Kramladen. Eine Minute später war sie wieder zurück. Sie schwenkte triumphierend eine große Taschenlampe.
«Das Mädchen kann denken!» murmelte Jean-Paul.
Sie waren am Ende der Hauptstraße angelangt, genau an der Stelle, wo Pek ausgestiegen war, um die Brandung zu fotografieren. Die Häuser hoben sich wie schwarze Schatten gegen den Nachthimmel ab. Hinter den Schiebetüren schimmerte trübes Licht. Vorsichtig gingen sie zum Strand hinunter. Fischerboote lagen wie Riesenmuscheln auf dem bleichen Kies. Das Wasser gurgelte in den Felsspalten, donnerte gegen die Klippen.
«Vorsicht!» rief Jean-Paul. «Es ist glitschig!»
Er ging als erster, den Strahl der Taschenlampe auf den Boden gerichtet. Die Mädchen folgten. Der Sturm zerrte an ihren Haaren, ihren Kleidern. Immer wieder glitten sie auf den feuchten Kieseln aus. Der gelbe Schein der Taschenlampe tanzte über morsche Holzplanken, Stoffetzen, rostige Konservenbuchsen. Dann wurde der Boden felsig. Behutsam tasteten sie sich vorwärts. In der Finsternis glänzten die

Schaumkronen wie flüssiges Silber. Von Zeit zu Zeit schrie Emi, so laut es ging, Aikos Namen. Aber es war zwecklos: Ihre Stimme ging im Tosen der Brandung, im Heulen des Sturms unter. Sie näherten sich den Klippen. Das Meer war jetzt so nahe, daß die Gischt sie übersprühte.
Plötzlich umklammerten Tinas Finger den Arm der Freundin. Sie schrie ihr ins Ohr: «Da vorne bewegt sich etwas!»
Jean-Paul war herumgefahren. «Wo?»
Er hob die Taschenlampe in die Richtung, die Tina ihm zeigte. Undeutlich sahen sie in dem schwachen Lichtstrahl eine Gestalt zwischen den Felsen herumklettern. «Das ist sie», sagte Emi hastig. «Beeilt euch!»
Atemlos kletterten sie von Stein zu Stein. Der eiskalte Wind drang ihnen bis auf die Knochen, aber sie spürten ihn kaum. Der Fels unter ihren Füßen erzitterte unter dem Anprall der Brandung.
«Aiko!» schrie Jean-Paul.
Die Gestalt vor ihnen hatte die äußerste Spitze der Klippen erreicht. Undeutlich zeichnete sie sich gegen den helleren Nachthimmel ab. Plötzlich schien sie zu schwanken, vornüberzufallen. Tina vernahm einen kurzen, spitzen Schrei. Oder war es nur das Heulen des Windes?
Später konnten sie sich nur unklar erinnern, wie es ihnen gelungen war, die Stelle des Unfalls zu erreichen. Auf allen vieren kletterten sie am Rande einer zerklüfteten Felsmasse umher, die sich steil über dem Meer erhob. Schwarzglänzendes Wasser brodelte in den Felsspalten. Das Meer schäumte und toste. Jean-Paul beugte sich so weit über den Klippenrand hinaus, daß Tina fürchtete, er werde ebenfalls in die Tiefe stürzen. Der Strahl der Taschenlampe glitt über die feuchtglitschigen Wände der Schlucht. Tina war schweißge-

badet. Ihr Herz klopfte schwer und ungestüm. Sie klammerte sich an den Stein, um nicht von der Gewalt des Sturms umgeblasen zu werden, hinab in den Abgrund.
«Da unten!» schrie Emi.
Der Strahl huschte über einen roten Pullover, über dichte, schwarze Haare. Aiko lag regungslos in einer Spalte. Ein Felsvorsprung hatte ihren Sturz gebremst. Sie sahen die bleichen Umrisse ihres Gesichtes und eine unbewegliche, schlaff geöffnete Hand.
«Um Gottes willen ...» sagte Jean-Paul.
Er drückte Emi die Taschenlampe in die Hand. «Leuchte mir!» Mit einem Blick hatte er die Entfernung, die ihn von dem Mädchen trennte, abgemessen. Es waren knapp sieben Meter, vielleicht auch nur sechs. Er legte sich bäuchlings auf den glitschigen Klippenrand; seine Beine baumelten ins Leere. In der Finsternis tasteten seine Füße nach einem Halt. Endlich fand er einen Gesteinsvorsprung. Er verlagerte sein Gewicht und ließ sich Zentimeter für Zentimeter hinab. Sekunden später rutschte sein linker Fuß ab, und sein Knie prallte heftig gegen eine Kante. Jean-Paul fluchte zwischen den Zähnen. Noch vier Meter ... jetzt noch drei. Er sah Aiko sich bewegen. Sie lebte! Die Erleichterung war so stark, daß er beinahe das Gleichgewicht verloren hätte. Er rutschte abermals ab, doch diesmal konnte er sich nicht wieder auffangen. Benommen blieb er auf einem Felsvorsprung liegen. Seine Hände waren aufgeschürft und blutig. Sein Knie schmerzte so heftig, daß er es kaum bewegen konnte. Ein Geruch von Teer und fauligem Tang stieg ihm in die Nase. Der dünne Lichtstrahl der Taschenlampe schaukelte vor seinen Füßen. Endlich raffte Jean-Paul sich auf. Seine Hände tasteten über einen vom

Wasser glattgeschliffenen Felsrücken. Behutsam ließ er sich hinabgleiten bis zu der Stelle, wo das Mädchen zusammengekrümmt lag. Ihre weit aufgerissenen Augen glänzten in ihrem durch Schrammen und Prellungen entstellten Gesicht. Als er sie an den Schultern packte, durchlief ein Zittern ihren Körper.
«Können Sie sich bewegen?» stammelte er. «Haben Sie Schmerzen?»
Sie strich sich mit der Hand über die Stirn, starrte auf ihre blutverschmierten Finger. «Ich . . . ich habe Kopfschmerzen.»
Jean-Paul holte ein nicht mehr ganz sauberes Taschentuch hervor. Vorsichtig strich er ihre verklebten Haarsträhnen zurück. Am Haaransatz klaffte eine tiefe Platzwunde.
«Legen Sie das Taschentuch darüber», sagte Jean-Paul. «Kopfwunden bluten immer stark, aber ich glaube nicht, daß es schlimm ist.»
Trotz der eisigen Kälte waren seine Kleider naß vor Schweiß. Er sehnte sich nach einem heißen Bad und einem kräftigen Schluck Whisky.
Aiko drückte sich das Taschentuch gegen die Wunde. Ihre Zähne klapperten.
«Ich danke Ihnen», stieß sie hervor. «Ich . . . ich wollte mich nicht in Gefahr bringen, sondern nur alleine sein und nachdenken. Es war ein Unfall. Ich habe das Gleichgewicht verloren und . . .» Sie brach in ein krampfhaftes, tränenloses Schluchzen aus. Jean-Paul schluckte verlegen.
«Darüber können wir später reden. Kommen Sie, Aiko. Sie können hier nicht liegenbleiben . . .»
Er half ihr, sich aufzurichten, und stützte sie. Glühende Nadelstiche schienen sein Knie zu durchbohren.

«Keine Angst! Es ist leichter, hinauf als hinunter zu klettern!»

Mit seiner Hilfe gelang es Aiko, sich an der Felswand hochzuziehen. Tina sah die beiden sich langsam und behutsam in der Finsternis bewegen. Sie warf Emi einen raschen Blick zu. Ihr Gesicht war seltsam starr und verzerrt. Sie hielt die Taschenlampe umklammert; ihre Finger zitterten so heftig, daß der Lichtstrahl auf und ab schwankte. Tina riß ihr die Taschenlampe aus der Hand und zielte das Licht so gut es ging, um den Kletternden den Weg zu weisen. Endlich erreichten sie den Klippenrand. Mit vereinten Kräften zogen Emi und Tina sie hoch. Jean-Paul blieb keuchend auf der Felskante sitzen, sein verletztes Knie war heiß und geschwollen.

Tina hatte die Arme um Aiko gelegt und stützte sie. Das Mädchen zitterte am ganzen Körper. Sie müßte sofort mit einem Beruhigungsmittel ins Bett, dachte Tina. Hilfesuchend sah sie sich nach Emi um. Aber diesmal konnte sie nicht auf Emi zählen. Emi stand einfach da und starrte auf Jean-Paul. In der Dunkelheit war ihr Gesicht ein weißer Fleck. Sie stotterte: «Dein . . . Knie blutet.»

Jean-Paul senkte den Blick, bemerkte die in Fetzen herabhängenden Jeans und schnitt eine Grimasse. «Ich habe es mir beim Fallen aufgeschrammt. Ist nicht tragisch . . .»

Plötzlich stammelte Aiko etwas auf japanisch. Mechanisch übersetzte Emi: «Ihre Mutter muß jetzt angekommen sein. Sie sagt, daß sie sie sprechen will.»

«Vielleicht läßt sich Mutter Sakura durch diesen Anblick erweichen», meinte Jean-Paul. «Aiko hat verdammt Glück gehabt, mit einer einfachen Platzwunde davonzukommen.»

«Wenn dir etwas passiert wäre . . .» begann Emi. Sie stockte, ohne den Satz zu beenden.

Sie wird doch jetzt nicht anfangen zu heulen, dachte Tina. Sie hatte Emi noch nie in so einem Zustand erlebt. Dann begriff sie: Du liebe Zeit, sie muß eine furchtbare Angst um ihn ausgestanden haben!
Sie machten sich auf den Rückweg. Tina ging mit der Taschenlampe voran und leuchtete. Jean-Paul und Emi hatten Aiko in die Mitte genommen: Sie schien kaum fähig, einen Schritt alleine zu gehen. Jean-Paul zog sein Bein nach. Der Sturm hatte sich gedreht und trieb die Wellen noch höher den Strand hinauf. Sie mußten einen Umweg machen und kamen nur langsam voran.
Endlich knirschte Kies unter ihren Füßen. Sie kamen an den Booten vorbei, erreichten die ersten Häuser des Dorfes.
«Wartet hier», sagte Emi. «Ich hole das Auto.» Sie verschwand in der Dunkelheit. Vor Kälte schlotternd warteten die drei auf Emis Rückkehr. Aiko schaute teilnahmslos in die Dunkelheit. Ihr Taschentuch war nur noch ein blutiges Knäuel. Tina durchsuchte vergeblich ihre Taschen: Wie üblich hatte sie nur ein Kleenex bei sich, das sich in der Feuchtigkeit halb aufgelöst hatte.
Endlich leuchteten die Autoscheinwerfer auf. Einen Augenblick später hielt der Nissan vor ihnen. Jean-Paul half Aiko einzusteigen. Emi saß schweigend am Steuer. Kein Wort fiel, während sie in den Pfad zur Pagode einbogen. Die Scheinwerfer glitten über das Gemäuer, das große Holzportal. Emi parkte und stellte den Motor ab. Erst jetzt sah Tina im schwachen Wagenlicht Aikos geschwollenes, blutverschmiertes Gesicht. Ihr Pullover war zerrissen und voller Teerflecken. Mit Stoppelbart, wirrem Haar und zerschlissenen Jeans glich Jean-Paul einem zerlumpten Landstreicher.

In Hiromi-Sans Haus brannte Licht. Aiko blickte zur Tür, dann wanderten ihre Augen zurück zu den Freunden. Sie versuchte zu lächeln, aber ihr Gesicht war von Schürfungen und Prellungen so entstellt, daß es wie eine Grimasse wirkte.
«Danke», sagte sie leise. «Ich weiß nicht, was ich ohne Sie getan hätte. Ich habe mich wie ein Kind benommen . . .»
«Es gibt Situationen im Leben, wo man Hilfe nötig hat», brummte Jean-Paul verlegen.
«Sie brauchen keine Angst zu haben vor Ihrer Mutter», sagte Emi. (Tina merkte, wieviel Mühe es sie kostete, gelassen zu sprechen.) «Zu fünft werden wir schon mit ihr fertig!»
«Ich habe keine Angst mehr», sagte Aiko. «Ich weiß jetzt, was ich zu tun habe.»
Langsam ging sie auf das Haus zu. Ihre rechte Schulter hing ein wenig herab. Wahrscheinlich vom Tragen der Schulmappe, dachte Tina. Jean-Paul folgte humpelnd, mit schmerzverzerrtem Gesicht. Emi ging dicht an seiner Seite, als ob sie ihn stützen wollte, aber sie vermied es, ihn zu berühren.
Die Haustür war offen. Sie gingen hinein. Mühsam und steif bückten sie sich, um die Schuhe auszuziehen. Jean-Pauls Knie war dunkelrot angeschwollen. Blut klebte an den zerfetzten Stoffrändern.
«Wir . . . wir müssen das verbinden», stammelte Emi. Sie streifte ihn mit einem wirren Augenaufschlag und sah dann zu Boden. Sie war jetzt nicht mehr bleich, sondern rot.
Tina folgte ihrem Blick und sah zwei glänzende schwarze Pumps vor der Türschwelle stehen. Ihr blieb nicht die Zeit, sich Gedanken darüber zu machen. Die Schiebetür wurde aufgerissen: Tome erschien. Sie stieß einen erschrockenen Schrei aus, preßte die Hand vor den Mund und verneigte sich, um sie durchzulassen. Mit einem Blick überflog Tina das

Wohnzimmer. Hiromi-San kauerte abseits auf den Fersen. Ihre Hände waren auf den Knien gefaltet, und ihr Gesicht war zu einer Maske erstarrt. Kazu und Pek saßen am Tisch und aßen Kartoffelchips. Ihnen gegenüber thronte Frau Sakura in einem altmodischen Reisekostüm. Ihr Gesicht war frisch gepudert, ihre Brauen nachgezogen und ihre Lippen sorgfältig geschminkt. Neben ihr stand ihre Handtasche aus schwarzem Leder und vor ihr ein Becher Reiswein.

17

Aiko war auf der Türschwelle stehengeblieben. Sie schwankte und klammerte sich am Türrahmen fest.
Entsetzt betrachtete Hiromi-San ihre Nichte. Ihre Lippen bewegten sich, aber sie brachte keinen Laut hervor. Mutter Sakura hatte sich nicht gerührt. Ihre überfeinen Hände lagen völlig entspannt auf ihren Knien. Trotzdem bemerkte Tina, wie sich ihre Kiefer einen Augenblick so stark zusammenpreßten, daß ihre Backenknochen spitz hervortraten. Gegen ihren Willen mußte sie die Beherrschung dieser Frau bewundern.
Sie stellte keine Fragen, sondern sagte mit ruhiger Stimme: «Ich bitte dich, deine Sachen zu packen. Wir fahren noch heute abend nach Tokio zurück.»
Sie sprachen japanisch. Es war Emi, die Tina später die Auseinandersetzung Wort für Wort erzählte.
«Verzeihen Sie, Mutter. Ich bin entschlossen, hier zu bleiben», hatte Aiko geantwortet.
Frau Sakuras Schultern waren leicht vornüber gesackt. Plötzlich fiel die Maske, zu der ihre Gesichtszüge erstarrt waren, von ihr ab. Ihre Lippen zitterten; zwei rote Flecken erschienen auf ihren Wangen.
«Ich habe dich gebeten, deine Sachen zu packen. Dein Vater wartet auf dich.»
«Verzeihen Sie, Mutter», wiederholte Aiko. «Ich kann Ihnen nicht gehorchen.»
Stille. Vor dem Fenster raschelten Zweige im Wind, man

vernahm das ferne Tosen der Brandung. Frau Sakura atmete gepreßt.

Ihre Augenlider zuckten. Sie hat sich bis jetzt beherrscht, dachte Tina. Bald ist sie mit ihrer Kraft am Ende.

Frau Sakura richtete sich langsam auf. Trotz der Schwerfälligkeit ihrer Bewegungen wirkte sie erstaunlich anmutig. Sie trug Strümpfe in einer hellen, unmodernen Farbe; Tina fiel auf, wie gelenkig ihre Füße waren. Verwundert spürte sie, wie Mitleid in ihr aufkam. Sie verstand, oder wenigstens glaubte sie zu verstehen, was in dieser kleinen, hochmütigen Frau vor sich ging: All die Hoffnungen, die sie in ihre Tochter gesetzt hat, der Traum von deren Studium an der angesehensten Universität, hatten sich in nichts aufgelöst. Ihr Ehrgeiz war enttäuscht worden. Sie wußte, daß sie den kürzeren zog: Ihre Tochter war entschlossen, sich von ihr und ihrer übergroßen Fürsorge zu lösen. Sie war dem Zusammenbruch nahe, aber sie beherrschte sich, um nicht vor diesen Ausländern und vor der jüngeren Schwester das Gesicht zu verlieren...

Sie bückte sich, hob ihre Handtasche auf. Ein seltsames Flackern, wie von zurückgehaltenen Tränen, war in ihren Augen. Sie richtete den Blick auf ihre Tochter. Ihre Stimme war nur noch ein Flüstern.

«Was soll ich deinem Vater sagen?»

Aiko knetete das blutige Taschentuch. Sie hauchte: «Ich werde ihm schreiben.»

Frau Sakura preßte die Lippen zusammen; sie machte einige Schritte, als ob sie den Raum verlassen wollte. Plötzlich blieb sie stehen. Ihre Augen wanderten zu Hiromi-San hinüber, die mit gesenktem Kopf schwieg. Später erzählten Kazu und Pek, daß die beiden während der ganzen Zeit, in der sie auf

Aikos Rückkehr gewartet hatten, außer einigen Höflichkeitsfloskeln kein Wort miteinander geredet hatten.
«Bei uns in Italien wäre so etwas nie möglich gewesen», hatte Pek kopfschüttelnd gesagt. «Man wäre sich heulend in die Arme gefallen oder hätte sich die ganze Keramiksammlung an den Kopf geschmissen.»
«Hiromi-Chan», sagte Frau Sakura plötzlich mit erstickter Stimme und gab der jüngeren Schwester den unter Geschwistern üblichen Kosenamen. «Wir haben uns lange nicht gesehen und sollten über viele Dinge sprechen. Doch jetzt ist nicht der richtige Augenblick dafür. Ich werde wiederkommen. Bald.»
Hiromi-San sprach kein Wort, sondern verneigte sich nur stumm. Tina sah Tränen in ihren Augen glitzern.
Aiko stand mit hängenden Armen da. Als ihre Mutter über die Schwelle der Schiebetür ging, verbeugte das Mädchen sich tief. Die nassen, verklebten Haare fielen ihr ins Gesicht. Ihre Mutter ging an ihr vorbei hinaus. Sie hörten sie mit kurzen, gepreßten Atemzügen in ihre Pumps steigen. Es folgte das Geräusch schleppender Schritte. Die Haustür fiel ins Schloß.
Jetzt muß sie in der Dunkelheit den Weg zurück ins Dorf suchen, dachte Tina. Man hätte sie wenigstens mit dem Auto zur Bushaltestelle bringen können. Aber wahrscheinlich hätte sie dieses Angebot nicht angenommen.
Aiko war nicht von der Stelle gewichen. Tina sah Tränen aus ihren Augenwinkeln tropfen und über ihr verschwollenes Gesicht rinnen. Da stand sie, regungslos und stumm, zerknüllte ihr Taschentuch und weinte still vor sich hin.

18

Tina saß im Garten, auf der Treppenstufe, die zum Haus der Tanakas führte, und ließ die Frühlingssonne auf ihre nackten Beine scheinen. Sie trug ein T-Shirt, Shorts und war barfuß. Ihre Sandalen standen neben ihr im Gras. Es war der erste richtig warme Tag seit ihrer Ankunft in Japan. Der Himmel schimmerte dunstig-blau, Elstern schossen mit schrillem Geschrei über die runden Büsche. Gleich neben der Haustür stand ein Kirschbaum in voller Pracht. Tina betrachtete die weiß-rosa Blütenwolke, die leise im milden Wind schaukelte, und fühlte sich ganz romantisch.

Es war am späten Morgen. Jean-Paul lag im Wohnzimmer auf einem Stapel Kissen und arbeitete an einer Sendung. Sein Knie war noch immer dick geschwollen. Der Arzt, den Frau Tanaka vorsorglich hatte kommen lassen, hatte ihm einige Tage Ruhe verordnet und ihn mit einem so dicken Verband versehen, daß sein Knie dem Sturzhelm eines Rennfahrers glich. Da er in seine Jeans nicht mehr hineinpaßte, hatte ihm Herr Tanaka einen eleganten dunkelblauen Hauskimono geliehen. Nach seinen eigenen Worten fühlte sich Jean-Paul darin wie ein Popsänger nach der Schlußvorstellung.

Tina blinzelte in die Sonne. Der Frühling und der Schlafmangel saßen ihr in den Knochen. Sie fühlte sich schlapp und träge, und sie mußte die ganze Zeit gähnen. Viel geschlafen hatte sie in der vergangenen Nacht wirklich nicht: knapp fünf oder sechs Stunden. Für jemand, der neun Stunden Schlaf braucht, um richtig in Form zu sein, war das entschieden zu wenig! Und was die vorherige Nacht betraf...

Tinas Gedanken kehrten zu Aiko zurück. Nachdem Frau Sakura gegangen war, hatte Hiromi-San dem Mädchen heiße Milch zu trinken gegeben, die Wunden desinfiziert und verbunden. Aiko hatte alles mit sich geschehen lassen. Danach hatte sie Hiromi-San in ihr Zimmer geführt und sie erst wieder verlassen, als sie vor Müdigkeit überwältigt eingeschlafen war.

Es war inzwischen zu spät geworden, um nach Tokio zurückzufahren. In Ihama gab es kein Hotel. Hiromi-San hatte ihren Gästen vorgeschlagen, in ihrem Haus zu übernachten. Tome, die sich in der Küche zu schaffen machte, war immer noch so erschrocken, daß sie einen Teller fallen ließ; Tina half ihr, die Scherben zusammenzukehren. Auch ihr saß die Aufregung noch in den Knochen. Zum Essen gab es ein einfaches Nudelgericht mit gebratenem Fisch. Die Stimmung wurde allmählich entspannter. Doch Hiromi-San aß wenig; sie sprach wie jemand, dessen belanglose Sätze die tiefen Gedanken verbargen. Tina spürte, wie aufgewühlt sie war.

«Wird Aiko jetzt bei Ihnen bleiben?» hatte sie Hiromi-San gefragt.

Die Frau hatte gelächelt; es war das erste Lächeln, das an diesem Abend ihr sorgenvolles Antlitz erleuchtete.

«Ich werde sie das Töpfern lehren, und eines Tages wird sie die Werkstatt und das Haus erben.»

«Sie ist mit einem Jungen aus Tokio befreundet», hatte Emi eingeworfen.

«Ich weiß.» Die samtbraunen Augen funkelten belustigt. «Nichts wird Aiko und Masao daran hindern, zusammen

glücklich zu sein. Masao wird von Tokio wegziehen. Er wird leicht in Shimoda oder in der Umgebung Arbeit finden.»
Ihr Gesicht, das so starr und unbeweglich wirken konnte, hatte trotz Aufregung und Müdigkeit einen weichen, friedlichen Ausdruck. Sie schien plötzlich viel jünger, als sie eigentlich war. Mit bewegter Stimme hatte sie hinzugefügt: «Aiko hat sich ihre Freiheit erkämpft. Aber es gibt viele Arten von Freiheit. Jeder Mensch handelt nach eigener Überzeugung und riskiert dabei, sein Herz zu verschließen und jedes Mitgefühl verkümmern zu lassen. Erst später, wenn man zu überlegen beginnt, die Dinge ruhig und klar sieht, weiß man, daß jeder Mensch einsam ist und ohne Nächstenliebe in seiner Haut erstickt.»
«Weise Worte!» hatte Jean-Paul auf der Rückfahrt kommentiert. «Und wie wahr. Wenn jeder etwas mehr an die anderen denken würde, sähe es besser aus auf dieser Welt.»
Pek hatte die Schultern gehoben. «Jeder steht sich selbst am nächsten!» Die Bemerkung sollte als Witz gelten, aber keiner lachte, auch Emi nicht. Sie wirkte sowieso verstimmt.
Was ist nur mit ihr los? überlegte Tina und glaubte die Antwort bereits zu kennen.
Zu Hause hatten sie ein Bad genommen, sich die Haare gewaschen und eine ganze Nußtorte verschlungen. Dann hatten sich Emi und Tina in ihr Zimmer verzogen. Tina fönte ihr Haar, während Emi, die sonst immer zum Schwatzen aufgelegt war, finster vor sich hin brütete. Nach einer Weile wurde es Tina zu bunt. Sie knipste ihren Fön aus.
«Sag mal, was ist eigentlich mit dir los?»
Emi hatte die Stirn kraus gezogen. «Seit gestern abend bin ich wie verblödet. Ich weiß überhaupt nicht mehr, was ich will!»

«Das kann ich mir denken.» Tina hatte drei Haarklammern zwischen den Zähnen und sprach aus den Mundwinkeln. «Du bist in Jean-Paul verknallt und glaubst es selbst noch nicht. Stimmt's?»

Emi saß im Schneidersitz auf dem Bett. Das feuchte Haar kräuselte sich auf ihren Schultern.

In ihrem weißen Hauskimono sah sie entzückend und völlig verwirrt aus.

«Ich kann doch nichts dafür!» jammerte sie kindisch. «Weißt du, wann ich das gemerkt habe?»

Tina hatte feierlich genickt. «Auf die Minute genau weiß ich es! Als Jean-Paul die Klippen hinunterkletterte, hast du so zu zittern angefangen, daß du nicht einmal die Taschenlampe halten konntest. Wenn die beiden in den Stillen Ozean gestürzt wären, hättest du einen Doppelmord auf dem Gewissen gehabt!»

«Hör auf!» Emi schüttelte sich noch nachträglich. «Der Gedanke, daß Jean-Paul etwas zustoßen könnte, hat mich völlig durcheinandergebracht. Dabei war er mir doch vorher ganz gleichgültig!»

«So. Und wie steht es mit dem Brief, den du ihm geschrieben hast?»

Emi hatte den Mund geöffnet und ihn, ohne etwas zu sagen, wieder geschlossen. Das war bei ihr noch nie vorgekommen.

«Irrungen und Wirrungen», hatte Tina altklug kommentiert.

«Übrigens, damit du im Bilde bist: Jean-Paul ist ebenfalls in dich verliebt.»

Emi hatte ruckartig den Kopf gehoben.

«Woher willst du das denn wissen? Hat er dir etwas gesagt?» Tina hatte fast lachen müssen.

«Tu nicht so einfältig! So etwas spürt man doch. Er war nur

zu anständig, es sich anmerken zu lassen. Wegen Pek, natürlich.»

Emi hatte düster genickt.

«Eben. Das ist ja gerade mein Problem.»

«Jetzt stehst du zwischen zwei Männern», hatte Tina leichthin bemerkt. «Hochinteressant!»

«Mir ist wirklich nicht nach Witzen zumute!» Emi wirkte völlig aus den Fugen. «Ich mag Pek sehr gerne. Aber bei Jean-Paul ist das etwas anderes. Ich spüre, daß ich mich auch auf die Dauer mit ihm verstehen würde. Wir haben die gleiche Wellenlänge.»

«Für einen Radiomann paßt die Bezeichnung nicht schlecht!» hatte Tina trocken bemerkt. «Aber du mußt selbst entscheiden. Es wäre unfair gegenüber Pek, wenn ich für Jean-Paul Reklame machen würde.»

Emi warf sich auf den Bauch und lag eine Weile still. Plötzlich hob sie den Kopf. Ihr Gesicht war rot, und ihre Augen glänzten.

«Ich werde morgen mit Pek sprechen. Ich werde ihm mitteilen, daß ich mich entschlossen habe, nicht mit ihm zusammenzuleben. Wenn ich in den nächsten Monaten nach Europa komme, möchte ich frei sein. Ich . . . ich habe es satt, die hübsche Exotin zu spielen, die man den Freunden in Rom stolz vorzeigen kann!»

«Du machst also Schluß mit ihm?»

Emi hatte mehrmals geschluckt, als ob ihr eine Fischgräte im Hals stecken geblieben wäre.

«Es wird nicht leicht sein. Aber es geht nicht anders, sonst drehe ich durch und mache Harakiri!»

Tina hatte das Gesicht verzogen.

«Lieber nicht! Jean-Paul würde untröstlich sein.»

Jetzt sah sie auf ihre Armbanduhr. Vor einer Stunde waren Emi und Pek zusammen in die Stadt gefahren. Emi hatte vorgeschlagen, in Shinjuku zu Mittag zu essen. Irgendwann zwischen Tempura und Algensuppe mußte Pek die bittere Pille schlucken. «Es wird nicht leicht sein», hatte Emi gesagt. Das glaube ich gerne! dachte Tina. So wie ich Pek kenne, wird er vor allem in seinem Stolz gekränkt sein und seinen ganzen südländisch-blonden Charme ins Gefecht werfen, um Emi zurückzuerobern. Ob es ihm gelingen würde, war eine andere Sache. Japanerinnen sehen reizend und elfenhaft zart aus, aber sie haben den dicksten Schädel der Welt.

Schritte knirschten über den Kies. Tina blickte auf und sah Kazu zwischen den Büschen auf sich zukommen. Er war am Morgen in aller Frühe in die Stadt gefahren, um den Werbechef irgendeines Industriekonzerns aufzusuchen. Er trug seinen Pullover über die Schultern geknotet und die kleine Ledertasche mit seiner Nikon unter dem Arm. Bei seinem Anblick fiel Tina ihre eigene Misere wieder ein. Es war direkt beleidigend, in jemanden verknallt zu sein, der sich ganz offensichtlich kaum etwas aus ihr machte. Sie versuchte, eine gleichgültige Miene aufzusetzen.

«Es wird Frühling, nicht wahr?»

Kazu blieb unter den Bäumen stehen, seufzte zufrieden auf und ließ seine Blicke umherschweifen.

«Kirschblütenzeit. Japan wie im Bilderbuch! Aber ich habe Heimweh nach Italien. Da schmecken die Spaghetti besser.»

Heimweh nach Italien. Nach Rom. Natürlich nach einem Mädchen oder nach zwei oder drei. «Einem ganzen Harem», hatte Emi gesagt. Also gut. Tina stand auf.

«Ich habe noch etwas vor dem Essen zu erledigen. Bis nachher! ...»

«Halt! Nicht so eilig!» Er hielt sie mit einer Handbewegung zurück, fischte seine Nikon aus der Tasche und fingerte seelenruhig am Objektiv herum.
«Was machst du?» fragte sie verdattert.
«Das siehst du doch.» Er prüfte die Entfernung. «Fotogene Gesichter interessieren mich nun einmal.»
«Aber doch nicht meines!»
«Warum nicht? Du bist sehr hübsch heute morgen...» Sein Finger drückte auf den Auslöseknopf. «Klick!» machte die Nikon.
«Ich habe gerade blöde gegrinst...»
«Macht nichts. Das ist Realismus in der Fotografie. Sag, warum hast du etwas gegen mich?»
Tina starrte ihn mit offenem Mund an. Sie fühlte, wie sie knallrot wurde, und strich sich ärgerlich eine Strähne hinters Ohr.
«Klick», machte die Nikon.
«Ich... ich habe nichts gegen dich. Im Gegenteil. Du weißt das ganz genau...»
«Es ist einfach, von Liebe zu reden», entgegnete Kazu. Er drehte nachdenklich an seinem Objektiv. «Liebe zu erleben ist etwas anderes.»
«Ich habe nie...» platzte Tina heraus.
Da stand sie nun und stotterte wie ein Schulmädchen. Was soll ich machen? Er bringt mich ganz durcheinander! Wenn er wenigstens die verdammte Kamera wegstecken würde!
«Ich dachte, du seist anderweitig beschäftigt», schloß sie würdevoll.
«So», meinte Kazu. «Und warum habe ich dir wohl das Flugticket nach Tokio organisiert?»
Darauf wußte sie nichts zu antworten. Wenn einem nichts

einfällt, ist es besser, man schweigt. Schweigen macht immer einen guten Eindruck. Sieht außerdem noch selbstsicher aus. Tatsächlich schien Kazu etwas aus der Fassung gebracht. Er grinste beklommen. «Vielleicht habe ich zu viele blöde Witze gemacht? Ich dachte, du würdest das schon verstehen . . .»
«Es geht nicht um das . . .» stammelte Tina.
«Um was geht es denn?»
Sie biß sich nervös auf die Lippen. Wie sollte sie ihm das nur beibringen? Schließlich wagte sie den Sprung ins kalte Wasser. «Emi hat mir gesagt», begann sie stockend, «daß du viele Freundinnen in Rom hast.»
«Ist das alles?» antwortete er ruhig.
Sie schluckte würgend. «Ist das nicht genug?»
Er schaute sie ernst und eindringlich an. «Hör zu, Tina. Seit wir in Tokio sind, hatten wir nie Gelegenheit, uns in Ruhe zu unterhalten. Es ist schön, mit Freunden zusammen zu sein, aber wenn man sich richtig kennenlernen will, werden andere Leute überflüssig.»
Unvermittelt ergriff er ihre Hand. Die Bewegung war so spontan und selbstverständlich, daß Tina überhaupt nicht der Gedanke kam, sie wegzuziehen.
«Ich mache dir einen Vorschlag. Pek und ich beginnen morgen unsere Reportagen für *Epoca*. Wir werden uns die Aufgabe teilen. Pek fährt nach Kioto und Osaka und ich in den Süden. Ich werde eine ganze Woche lang beschäftigt sein. Hättest du Lust mitzukommen?»
Sie blieb stumm. Er hatte ihre Hand nicht losgelassen, und sie spürte, daß seine Finger etwas feucht waren. Also war er auch nervös. Ein tröstliches Zeichen!
«Ich möchte dich gerne kennenlernen», wiederholte er mit Nachdruck. «Du weißt, daß ich es ernst meine.»

«Ja», sagte Tina.
Ihre Gedanken überstürzten sich, aber wie immer fiel ihr keine gescheite Antwort ein.
«Also? Fahren wir zusammen?»
«Ja», sagte sie. Was Besseres kam ihr nicht in den Sinn.
Doch sie sah, wie sich sein besorgter Ausdruck in ein erleichtertes Lächeln verwandelte.
«O.k.», erwiderte er gelassen. «Du kannst mein Stativ tragen! Ich suche schon lange nach einer Assistentin.»
Endlich fand sie ihre Sprache wieder. «Ich wußte doch, daß du Hintergedanken hattest!»
Ihre Blicke trafen sich. Beide brachen gleichzeitig in Lachen aus.
Hand in Hand gingen sie zurück ins Haus.

FEDERICA DE CESCO

Ihre Titel in der BENZIGER EDITION:

Das Sternenschwert
Das Lied der Delphine
Flammender Stern

»Emi und Tina-Reihe«:

Venedig kann gefährlich sein
Ein Armreif aus blauer Jade
Das goldene Pferd
Der versteinerte Fisch
Die Spur führt nach Stockholm
Der Tag, an dem Aiko verschwand

Alle Bücher sind
gebunden. JM ab 12

FEDERICA DE CESCO

Drei zusammenhängende Geschichten in einem Band:
Die legendäre Priesterkönigin Himiko zieht mit ihrer Tochter Toyo in den Kampf gegen die gefürchteten »Sperbermenschen«, um ihr Volk vor dem Untergang zu bewahren. Doch der geheimnisvolle Anführer ist im Besitz des Sternenschwertes mit den sieben Klingen. Toyo soll Hilfe holen...
Nach dem Tod der Priesterkönigin heiratet Toyo den Tungusenfürsten Iri, der ihnen im Kampf zu Hilfe kam. In seiner Machtgier will er nun den Sieg über die Ainu-Stämme erringen. Dazu bemächtigt er sich des Sternenschwertes... Susanoo, der Mann, der das Sternenschwert schmiedete, heiratet die Bärenpriesterin Kubichi und wird damit zum Herrscher über die Ainu und zum Todfeind des Tungusenfürsten. Iri versucht durch ein Intrigenspiel an die Macht zu kommen.

**Federica de Cesco
Das Sternenschwert
496 Seiten. Ab 12**

Ausführliche Informationen zu den Titeln der Benziger Edition erhalten Sie in Ihrer Buchhandlung oder direkt beim Verlag, Postfach 51 69, 8700 Würzburg.

NICOLE MEISTER

Moon Jonas, 15, ist mit seinem Leben mehr als unzufrieden. In der Schule steht Moon miserabel, und der Vater droht mit Internat, sollte Moon den Übergang von der Realschule auf das Gymnasium nicht schaffen. Jeder in seiner Familie hat das Abitur. Moon hat wenig Selbstbewußtsein, fühlt sich schlicht überfordert und lehnt sich gegen alles auf. Nur bei Reggae von Bob Marley, und das in voller Lautstärke, kann er sich in seine Traumwelt flüchten und entspannen. Doch dann verliebt sich Moon in Kitty Wilder, ein schwarzes Mädchen, das neu in der Klasse ist. Kitty ist anders; etwas Besonderes. Plötzlich lohnt es sich für Moon wieder zu kämpfen. Er erlebt die erste Liebe und stellt fest, wie er an seiner Unzufriedenheit einiges selbst ändern kann. Nicole Meister hat ein Jugendbuch geschrieben, das mit Witz und Selbstironie zeigt, wie schwierig das Erwachsenwerden ist.

**Nicole Meister
Moons Geschichte
192 Seiten.**

Ausführliche Informationen zu den Titeln der BENZIGER EDITION erhalten Sie in Ihrer Buchhandlung oder direkt beim Verlag, Postfach 51 69, 8700 Würzburg.